Walking Dead
Tv Series

The Unoffical

Word Search

Peter Vanden Brock

DEDICATION

This dedication goes out to all The Walking Dead fans like me and of course the writers of the series and comic books. Without the vision of the creators of this story we would have never experienced characters like Negan, Rick and of course the one we all love to hate.. Carl!

This story has so many twists, ups, downs, sadness, love, hate, and of course despair, we all love it and it's inspirational.
I hope you enjoy this Unofficial "The Walking Dead" word search it truly has been fun creating it for everyone.

CONTENTS

Page 6.   Acknowledgments

Page 7.   Introduction

Page 8 to 9   Disclaimer & Warning

Page 10 to 21   Quiz 1 to Quiz 6

Page 22 to 35   Find the Character

Page 36 to 54   Find the Actor

Page 55   Never use the Z-Word

Page 56   About Rick

Page 57 to 58   Most Gruesome Deaths

Page 59   Amazing Carol moments

Page 60   Amazing Glenn moments

Page 61   Amazing Daryl moments

Page 62 to 75   Through the Seasons

Page 76   Journey so Far

Page 77   The End

Page 78 to 138   The Answers

Page 140   To Summarise

ACKNOWLEDGMENTS

This must go out to the creators and writers of The Walking Dead! Without such creativity and vision we would have never experienced such a roller coaster ride of emotions.

I just hope the story never ends.

RICK GRIMMES WE ARE ALL EMOTIONALY DRAINED !

This word search book is based upon "The Walking Dead" TV series from AMC, Ths is the "Unofficial Word Search Book of The Walking Dead" it contains the characters names, Actors names, Places and events and some trivia that have been happening throughout The Walking Dead series up to the finale of series 7.

So you think you're a fan do you?

What happened to Carl,
Who shot Beth?
What happened to Hershel?
What Actor Played Hershel?
Who is Negan?
What Actress played Beth?

" WARNING"

Readers may find some of the content in this book offensive, this wordsearch is based upon the TV series "The Walking Dead" and may contain some words or scenraios of a graphic nature.

"Disclaimer"

This Word search book is based upon "The Walking Dead " TV series from AMC.

This is the "Unofficial The Walking Dead" word search book.

Every effort has gone into making sure this word search book is acurate and correct, some of the facts held within this book are based upon the fans views and not the Author.

Quiz 1

```
Z  T  M  C  E  N  A  U  D  H  K  V  E  E  R  H  T  M  Q  V
S  J  Z  T  R  S  B  A  W  D  X  N  L  L  G  E  F  I  K  Q
N  W  Z  I  P  J  O  S  P  I  C  M  A  Q  B  D  G  M  G  P
P  N  K  B  I  H  P  L  G  F  M  U  F  J  C  W  T  E  V  R
F  F  I  M  S  P  O  P  D  S  R  E  K  L  A  W  B  Y  O  J
T  G  F  E  C  I  Z  Z  K  I  A  U  B  N  N  O  R  N  M  Z
C  O  J  K  Z  Z  N  X  O  B  E  D  S  F  E  K  R  F  C  H
D  A  V  I  D  Z  W  S  U  B  Q  R  A  U  C  E  O  V  M  F
X  S  K  Z  P  A  A  U  I  M  R  E  E  E  V  L  J  D  T  X
A  F  B  Q  G  D  D  K  X  M  R  M  T  O  L  O  O  Y  S  Z
P  D  L  C  T  E  V  F  R  N  N  M  G  G  T  Q  E  I  E  M
V  Q  N  D  G  L  T  D  T  T  U  E  P  N  R  J  V  P  I  K
D  R  Q  Q  R  I  L  N  C  L  H  T  G  X  E  Q  D  G  B  A
P  U  Q  L  T  V  M  Z  L  T  E  T  T  E  L  O  C  D  M  F
L  O  F  Q  H  E  E  A  J  M  K  C  Q  K  V  X  G  J  O  X
J  M  X  I  F  R  Z  G  O  N  U  A  V  Q  O  D  Q  R  Z  C
N  D  S  L  L  Y  U  W  S  D  Z  R  Q  H  I  X  B  N  H  M
O  L  I  D  J  M  I  X  J  C  R  S  L  B  D  K  U  R  F  R
A  B  O  W  B  A  S  V  T  E  L  O  D  I  E  W  I  W  O  H
A  S  E  H  E  N  A  J  K  H  W  N  E  R  A  K  B  N  R  K
```

So you think you're a fan..

This word search is a little different, across the page is a series of questions that you will need to know the answer to before you can find the hidden word. So if you don't know the answers? You can't find the words!. Well don't worry if you get really stuck the answers are in the back of the book.

Have fun fellow Walkers.

Quiz 1 Questions

Question 1. Who killed Hershel?

Question 2. Who Killed Beth?

Question 3. Who shot Carl in the eye?

Question .4 Carol burnt which characters?

Question 5. Name the character that Rick Grimes ripped out the throat off?

Question 6. What was Dwight's occupation

Question 7. Negan burnt what Doctor?

Question 8. What is the most common name used to describe the dead?

Question 9. What one word is never used to describe any of the dead walkers?

Question 10. How many questions does rick ask when he meets new groups of living?

Question 11. What was Glenn Rhee's Job?

Question 12. What was Morgan's son's name

Question 13. WHat is Michonne's daughters names x 2

Question 14. What was Daryl's occupation

```
K  J  P  S  R  G  Q  W  A  M  B  E  R  P  Z  L  O  W  W  F
T  X  B  Y  M  Y  Q  D  T  C  L  N  N  H  F  F  R  B  K  Z
O  Y  L  U  H  A  M  T  Y  M  F  A  S  C  B  A  T  Q  U  O
J  S  T  A  Y  T  N  B  T  X  W  P  R  A  N  N  R  Q  E  E
R  Z  Q  N  R  Y  L  G  J  K  W  Z  S  X  A  G  D  M  D  M
X  Q  O  X  R  E  K  D  A  F  M  E  A  T  G  G  R  P  E  B
L  S  K  T  E  W  Z  C  D  B  B  Z  S  H  E  M  E  M  U  R
N  V  G  E  H  R  J  M  H  A  B  I  X  U  N  L  I  O  Q  U
L  L  N  W  S  Y  H  C  L  W  S  P  G  N  E  J  D  S  D  Q
M  C  L  U  C  I  L  L  E  S  A  Z  Y  T  B  X  L  Y  O  J
O  U  F  K  E  A  B  A  A  S  N  S  I  E  Y  C  O  N  R  F
D  P  A  D  M  A  N  L  C  C  G  E  G  R  S  N  S  P  B  O
N  E  R  B  T  N  A  C  N  Y  R  C  T  J  B  J  N  B  J  L
H  B  Z  X  Z  C  H  Z  M  X  A  Z  U  U  M  L  R  E  E  E
O  U  M  F  I  A  B  A  K  G  V  V  T  E  X  I  G  J  P  T
Y  M  J  D  P  S  O  T  P  M  T  Z  T  G  R  E  M  E  U  J
A  N  E  Z  Y  Z  V  F  S  M  Z  O  T  O  Q  U  N  U  E  N
M  M  B  R  E  P  I  S  C  O  P  A  L  P  R  I  E  S  T  H
S  X  K  A  L  I  I  P  I  E  Z  A  G  E  D  Q  X  R  E  Q
V  L  V  O  C  E  E  F  L  T  S  X  Z  E  H  S  D  B  W  H
```

So you think you're a fan..

This word search is a little different, across the page is a series of questions that you will need to know the answer to before you can find the hidden word. So if you don't know the answers? You can't find the words!. Well don't worry if you get really stuck the answers are in the back of the book.

Have fun fellow Walkers.

Quiz 2 Questions

Question 1. What was Daryl's occupation?.

Question 2. Name Daryl's Bothers name?.

Question 3. Who is the Saviours Leader?.

Question .4 What are the names of Negan's wife's?.

Question 5. What is Lucille?.

Question 6. What is Carl's mother's name?.

Question 7. Who was Carols husband?.

Question 8. What was Hershel Greene's occupation?.

Question 9. What was Abraham Ford's occupation?.

Question 10. How many questions does rick ask when he meets new groups of living?

Question 11. What was Rosita Espinosa's occupation?.

Question 12. What is the Governors daughters' name?.

Question 13. Gabriel Stokes occupation was a priest but what type?.

```
L V B X G G P O P A K Y E X C S A N D R E A
Z J L Q E O G S Q Z I R C A X O T Z G B O Y
C Y C V E E L X L U A K B Y T R U S F J G L
T C R Y B I S G H F T G K G S R R T I P N R
Z I S U H J E R T U T O H R X Y R U I V S A
U J A V B S Q C V C U C M O D B T J F N X R
O H D A J D E T Y Z S K G B Q R E M Y W T E
Y K K I W N O O W O L U J I J O D E I P L Y
N D K V J S J O N T P C H X V T H S L W Z W
N R D U D T T O W U B Q S Y N H I Y C N S A
B E V S H S F W N H J E U W T E O E N C W L
T X G Z Z A O K J N G M X G E R N G Z S L S
W O Z V B R D G A E T G F T K G R X B O A T
Q A W I I A U B E C U H Q T F E K B I E U H
Y Q T E X H P R Y T N U O C G N I K O F H G
G C D F B S H J G T O D X E N N M K A G Y I
H W W L C T J Q C H J I I S W Q J M C V U R
X G R A D Y M E M O R I A L H O S P I T A L
A U Z Z V J C B H U Q F O J B M X A V T L I
G Q Z P T T Y Q L G S E K E U H I A K Y F V
C K E W V H Y D S M D Q G E O R G I A A G I
K Q D T Q Y C D N J R V X M H D W I P C J C
```

So you think you're a fan..

This word search is a little different, across the page is a series of questions that you will need to know the answer to before you can find the hidden word. So if you don't know the answers? You can't find the words!. Well don't worry if you get really stuck the answers are in the back of the book.

Have fun fellow Walkers.

Quiz 3 Questions

Question 1. What does Daryl say before he shoots Dale?

Question 2. Michone saves whose life at the end of season 2?.

Question 3. In which US state do all the episodes take place?.

Question .4 The hostage exchange for Beth and Carol took place in what hospital?.

Question 5. How many matches does Rick light in the hospital stairway in season 1?.

Question 6. What was Andrea's job before the outbreak?.

Question 7. Negan burnt what Doctor?

Question 8. What Country did Rick work in as a Sheriff?.

Question 9. The Governor is the leader of which town?.

Question 10. Which Saint is Father Gabriel's church named after?.

Question 11. What's the first thing Daryl says?.

```
P  O  L  L  M  J  O  V  M  P  H  L  O  P  H  C  C  V  T  D  M  E
E  G  H  Q  M  U  Y  B  Q  W  R  B  P  B  W  E  H  W  P  K  F  H
X  C  T  H  M  N  L  J  A  E  W  Y  W  E  W  D  R  L  V  O  F  G
O  T  N  V  N  M  T  V  B  K  L  E  T  H  R  R  F  W  A  M  K  X
B  G  R  A  D  Y  M  E  M  O  R  I  A  L  H  O  S  P  I  T  A  L
O  P  I  U  R  D  O  T  W  Y  U  Q  F  R  I  D  R  H  I  M  L  G
N  D  B  M  G  F  G  T  D  Z  M  H  W  J  H  K  G  W  R  Q  G  F
K  Y  R  S  J  B  Y  G  T  H  R  C  G  E  T  S  L  H  E  X  F  C
S  K  R  Z  K  T  Y  B  N  P  D  V  Z  B  N  K  L  O  A  B  T  H
Q  Q  E  L  N  K  Z  M  M  F  E  N  A  H  S  D  I  A  M  N  L  R
J  N  X  E  D  V  Z  V  Y  K  T  A  E  L  I  R  H  D  W  Z  K  A
Z  L  W  R  J  L  Y  Y  N  E  E  B  Q  I  O  Z  J  S  T  G  N  G
N  T  I  N  R  Y  F  B  U  E  S  G  E  L  B  P  G  A  A  H  A  X
U  S  Y  R  P  E  T  U  J  L  N  A  T  L  F  H  K  Y  S  H  U  R
Y  L  W  Y  C  X  P  F  I  Q  J  V  T  Z  R  B  I  M  E  E  X  N
Y  U  K  M  H  R  M  B  P  Y  S  Z  I  V  S  E  S  O  B  D  X  J
Y  V  R  A  E  H  I  N  I  L  W  J  W  Z  C  I  M  H  J  G  Z  F
U  G  H  G  W  Q  T  D  N  H  D  L  T  I  D  J  T  K  Y  X  F  E
L  C  I  G  Y  Y  N  J  F  E  W  K  T  P  U  A  J  M  L  S  C  J
S  P  O  I  L  E  K  J  F  C  L  U  Q  N  S  S  Q  E  K  W  K  Y
H  Z  O  E  J  V  Q  J  C  A  H  G  R  E  X  O  T  Q  U  D  I  P
B  S  E  O  I  H  B  V  G  B  D  R  Y  X  S  Q  W  E  P  X  L  Y
```

So you think you're a fan..

This word search is a little different, across the page is a series of questions that you will need to know the answer to before you can find the hidden word. So if you don't know the answers? You can't find the words!. Well don't worry if you get really stuck the answers are in the back of the book.

Have fun fellow Walkers.

Question 1. What was the name of the hospital Beth gets taken in?.

Question 2. Who beat up Ed, Carol's abusive husband?.

Question 3. What number did Shane have on his chain?.

Question .4 Who finds out there are Walkers in Hershel's barn?.

Question 5. Who Said "I don't want to be afraid of being alive."?.

Question 6. What was Shane's last name?.

Question 7. In Which country does Dr. Jenner form the CDC think may have a cure? (Season1)?.

Question 8. Who did Carl shoot to prevent him/her from turning into a walker?.

Question 9. Who did Rick handcuff to the roof?.

```
S  P  O  J  I  Y  Q  J  Q  W  R  T  U  X  F  M  K  Z  U  W
V  I  N  R  V  I  Q  M  U  Q  F  O  V  E  W  W  T  C  H  G
K  E  A  H  H  N  E  C  Z  M  A  K  C  Q  R  T  J  S  I  T
C  N  Y  I  Q  F  S  C  N  X  O  Z  T  N  N  U  C  V  Q  R
T  A  B  L  L  A  B  E  S  A  B  G  D  H  A  Z  J  I  N  P
B  H  V  N  V  T  Y  C  L  A  G  L  E  D  J  P  V  F  L  C
R  S  Q  V  T  E  R  N  S  V  L  R  P  Q  A  B  D  Q  K  Q
F  Q  B  C  V  Y  B  W  V  P  K  O  O  S  I  R  E  Q  A  R
O  T  V  Z  Z  B  I  P  H  W  L  L  A  M  X  U  D  F  L  C
A  A  T  J  O  E  Y  Q  D  M  Z  L  P  X  Z  D  R  Q  N  F
S  V  D  W  E  W  G  N  R  A  L  K  N  K  S  P  Y  R  G  T
P  V  J  T  R  O  N  E  T  H  R  E  E  F  O  U  R  K  N  R
Z  D  W  T  C  B  U  X  C  X  L  Y  C  K  T  W  C  M  S  F
I  Z  S  L  I  L  W  E  T  E  P  G  L  G  E  I  R  J  Y  N
G  I  E  V  E  M  Y  U  B  W  N  M  D  &  R  L  T  O  K  V
T  T  G  A  A  K  X  X  A  Q  I  F  K  S  M  H  T  Y  H  P
U  H  E  V  D  X  P  X  W  T  L  C  Y  W  I  E  T  P  Q  Y
R  Z  T  P  A  L  S  K  C  S  X  P  V  Q  N  I  R  P  X  O
M  J  X  W  U  G  L  H  Z  C  M  P  Q  A  U  V  A  L  B  A
K  S  O  P  H  I  A  J  I  U  M  P  S  X  S  E  V  K  E  I
```

So you think you're a fan..

This word search is a little different, across the page is a series of questions that you will need to know the answer to before you can find the hidden word. So if you don't know the answers? You can't find the words!. Well don't worry if you get really stuck the answers are in the back of the book.

Have fun fellow Walkers.

Quiz 5 Questions

Question 1. Who does Rick first meet?.

Question 2. What was the unit number on the side of Rick's Sheriff Cruiser? (Season1)?.

Question 3. Who kills Otis?

Question .4 What does Rick use to kill his first walker?.

Question 5. Who said "We are the walking dead"?.

Question 6. What two characters form the Walking Dead TV show do not appear in the comic?.

Question 7. After the battle at the prison the group gets split up. Where do they reunite?.

Question 8. Who does Rick kill in the season 5 finale?.

Question 9. Who said "We can all live together. There's enough room for all of us"?.

Question 10. What was the name of Carol's daughter?.

Question 11. Who said: "End of the world don't mean shit when you got a tank"?.

```
P  S  H  O  G  P  U  W  L  Y  A  Z  H  W  C  D  O  M  A  I
W  Z  I  O  S  H  I  R  E  W  I  L  T  E  S  T  A  T  E  S
T  T  C  Z  I  P  N  Z  N  X  C  I  F  N  Q  W  O  O  D  M
D  S  Q  W  Q  I  C  S  R  H  V  U  N  N  E  L  G  V  O  Q
K  N  I  C  H  O  L  A  S  E  S  H  E  R  W  U  U  R  A  H
I  I  L  T  S  M  F  O  I  U  V  K  U  E  F  Z  G  E  M  O
H  J  P  G  N  I  C  W  E  Y  M  B  R  A  A  A  X  S  Z  T
M  R  Y  N  E  E  R  C  J  D  T  V  K  O  N  Z  U  J  N  I
Q  I  O  S  H  Q  I  W  X  I  J  S  V  N  K  E  P  X  K  S
C  N  K  C  I  M  V  C  E  Q  A  K  A  A  C  B  R  G  Q  W
S  G  M  Y  K  W  Z  U  S  L  Y  L  M  D  U  A  T  A  C  Q
P  J  R  X  M  M  V  L  A  Y  G  C  G  S  E  W  B  V  K  K
V  L  R  O  E  V  I  Z  B  L  R  P  S  U  Y  Y  Q  J  N  C
V  T  V  H  F  E  J  B  Y  O  Q  U  L  N  U  V  L  O  A  K
M  F  M  T  T  C  H  V  M  J  V  T  B  G  I  Y  W  Y  E  U
Z  M  S  T  A  Y  N  N  R  O  P  V  K  D  Y  E  H  U  B  B
H  A  E  R  Y  S  A  T  A  O  C  C  L  W  O  G  C  H  K  J
Z  C  U  X  W  F  Z  L  Q  F  I  I  J  Q  S  O  X  D  K  F
L  Q  K  L  I  I  C  T  I  R  T  W  V  Y  Z  R  W  H  H  K
N  T  I  H  Q  W  D  J  G  H  T  E  R  A  G  X  B  Y  L  G
```

So you think you're a fan..

This word search is a little different, across the page is a series of questions that you will need to know the answer to before you can find the hidden word. So if you don't know the answers? You can't find the words!. Well don't worry if you get really stuck the answers are in the back of the book.

Have fun fellow Walkers.

Quiz 6 Questions

Question 1. Who is Milton?.

Question 2. Who shot Carl?.

Question 3. Who was the first person to call the zombies Walkers?

Question .4 Who kills Shane?.

Question 5. Who is the leader of Terminus?.

Question 6. Where does Shane think the group should go instead of the CDC?.

Question 7. Who is the voice on the radio in the tank (Season1)?.

Question 8. What's the name of Tyreese's girlfriend?.

Question 9. Eric gave Aaron a license plate for his collection from which state?.

Question 10. Who shoots Glenn in the Season 5 finale?.

Question 11. What's the name of the community Noah's family lived in?.

Find the character

```
C A R L G R I M E S W L S E T I E E C N
T B H A V Z V B O L T A N F Q F R R O Z
M S E M I R G I R O L R C L X O E X H Y
N K Q Y L D E V L O V S F Z J M I S I W
A N D R E A V F S J Y A F V Q D T E W V
D A L E H O R V A T H M G D F V F N S Y
O Z L L S W W F U B Y G U L H D L O E X
X Z Y I Z S R J Y U P B R S A K E J N Z
P E D L I Q H F K H W E Z R W V P N P S
O A C B G L M A H K M Z Y F M Y L A W Q
J F C C I Y M N N O V L Y E N G O G U M
J D Y E Y V G Z L E D J U Q E L R R P T
U K A H X A P R M I W C Y U O E A O Q S
A Y M O N A F T X F N A T X M N C M G C
N X E P Q C N O N Q D R L G T N X J M E
N A H M B J N A Q V L Q V S L R U Q L W
F Y I J N P I Q J N J D A Y H H O Z O S
R U U O R M G B Y U W J Q I I E J S D S
E K N S E M I R G K C I R D W E P S K R
F R A R A S A E Z B D P O O I Q J O A A
```

RickGrimes	DaleHorvath	CarolPeletier
ShaneWalsh	GlennRhee	MerleDixon
LoriGrimes	CarlGrimes	MorganJones
Andrea	DarylDixon	Jadis

Find the character

```
M  P  C  L  C  Y  B  E  G  H  R  I  I  P  W  R  Q  J  U  O
E  Y  S  G  G  Y  G  F  E  O  E  N  Q  T  D  V  E  G  I  P
U  O  P  M  K  L  Q  E  N  E  E  R  G  H  T  E  B  O  L  I
G  X  E  D  A  B  G  R  Q  K  A  T  V  Y  J  B  Z  Q  H  L
E  B  E  N  X  I  E  R  J  C  M  O  X  C  O  S  C  M  N  A
N  F  F  A  E  V  L  F  U  X  W  G  Z  V  M  Q  J  Q  T  B
E  Y  J  K  O  E  N  L  T  Y  R  E  E  S  E  Y  I  N  A  R
P  B  W  G  Z  A  R  O  I  V  Z  B  E  S  P  P  Q  W  R  A
O  J  E  M  P  L  K  G  R  W  W  D  H  G  O  Z  M  G  A  H
R  H  W  I  Z  V  P  A  L  D  A  Y  V  I  L  V  H  B  C  A
T  Y  M  C  V  X  S  Y  J  E  Q  H  I  R  A  D  A  B  H  M
E  R  E  H  G  N  W  J  P  N  H  R  S  T  A  U  S  U  A  F
R  O  S  O  G  F  V  O  T  W  L  S  J  A  Y  J  C  F  M  O
O  K  M  N  B  B  P  L  T  I  P  Q  R  Q  S  S  K  M  B  R
M  I  C  N  M  B  J  F  N  E  M  Z  J  E  H  U  S  E  L  D
E  N  E  E  R  G  E  I  G  G  A  M  K  U  H  R  B  H  E  F
T  I  S  Z  Z  S  A  N  E  E  U  Q  H  S  A  R  T  W  R  L
M  B  O  G  C  B  S  R  W  C  A  E  K  G  L  C  T  U  X  B
N  Q  Z  K  O  A  V  A  I  F  K  D  D  H  D  H  M  A  A  J
V  U  P  N  I  G  Q  Y  E  K  O  O  T  S  B  O  B  E  J  Y
```

MaggieGreene	TheGovernor	TaraChambler
HershelGreene	Tyreese	AbrahamFord
BethGreene	SashaWilliams	EugenePorter
Michonne	BobStookey	TrashQueen

Find the character

```
G  A  P  M  B  I  L  K  Q  X  A  A  T  H  H  U  A  V  K  Z
L  M  T  B  B  I  U  M  P  Z  E  V  J  D  M  Z  T  L  A  Q
U  J  G  I  Q  H  J  Q  B  B  C  T  F  V  Q  K  R  R  G  T
C  A  I  V  O  R  L  U  A  P  B  J  U  B  O  N  R  R  W  M
A  F  E  L  P  Q  B  D  N  K  C  V  R  N  M  O  D  V  R  I
I  S  J  M  R  A  C  W  O  Q  Z  P  A  M  F  R  F  V  A  B
Z  C  O  J  W  R  L  I  R  Y  Q  G  L  S  I  I  A  G  N  C
M  A  E  N  H  Z  W  G  A  R  E  T  H  Q  V  V  N  F  O  E
X  L  K  H  I  Q  X  H  A  N  D  J  P  S  Y  Y  N  K  S  G
W  P  E  K  T  P  E  T  H  X  S  M  P  E  F  P  A  L  R  A
K  F  W  T  A  M  S  X  P  P  B  I  S  F  G  Y  M  P  E  I
O  F  G  A  B  R  I  E  L  S  T  O  K  E  S  R  O  Q  D  L
R  U  H  I  R  W  F  N  A  W  R  U  J  C  M  W  N  R  N  T
T  X  M  Q  B  D  R  D  A  T  M  M  T  Z  N  P  R  H  A  C
P  C  R  X  D  D  W  D  Q  K  I  D  Y  E  I  W  O  U  E  P
L  J  A  D  K  O  K  G  Z  H  L  S  R  C  D  T  E  Y  I  R
X  B  U  D  J  B  S  V  B  R  C  N  O  D  O  G  K  O  S  Z
S  P  B  Q  S  O  L  R  P  B  T  C  N  R  A  T  J  P  S  K
E  W  H  M  E  Q  D  J  G  R  E  G  O  R  Y  B  U  P  E  J
M  P  Q  S  P  E  N  C  E  R  M  O  N  R  O  E  H  P  J  F
```

RositaEspinosa	DeannaMonroe	PaulRovia
Gareth	JessieAnderson	Gregory
GabrielStokes	SpencerMonroe	Negan
Aaron	Dwight	

Find the character

```
L D Z G Q E H X C P R H Z L G M G R E R
G K R Q W H H C J V Q H F A Z N S O W Z
A W F H R E I T E L E P D E E H P M J L
K X P F W O C Q N U V Y D U W P U H Y O
J I Q K K Y L W S L F R P R F W K M Y U
E L I Z A M O R A L E S I S Y Q T N J I
K Y N P U N Q F C D C T E B L H Z S Q S
H L Z T C L N X W H S L F R E V M O C M
F Z V E X E C I W O A Y K O T E Q P N O
W A V Z K I N I L R T K D X A P L H V R
B M M F S J U M O O C O U O R G K I C A
J L K Y E Q M M T C R T X F U F L A D L
I O F N C H A F T E L C K V W F Z P J E
M D N A Q D R F D G A E G N V W Y E V S
U E J I N A M O Y M L S W F K T H L J G
R H S A D V U V I K L N E Y F W B E U A
Y L R T U G M J S K V O N Q E S Y T T D
S I A J L N O D V V C W G P A R S I N J
M Y S A Q W Q X K D J L P Y S U C E G C
R V S E L A R O M Y C T N A Y N J R J R
```

TheodoreDouglas
SophiaPeletier
EdPeletier
Amy
Jacqui
Jim

Morales
MirandaMorales
ElizaMorales
LouisMorales
DrEdwinJenner

Find the character

```
O  Y  L  I  E  U  T  E  N  A  N  T  W  E  L  L  E  S  P  J
S  P  S  Y  N  I  T  G  I  B  W  X  E  M  T  J  J  E  M  H
U  I  V  A  J  W  L  J  I  Z  E  N  Y  C  F  M  K  E  I  U
G  T  U  U  R  S  K  Y  N  Z  B  X  P  F  M  I  E  Y  I  Y
X  T  S  U  T  P  X  J  P  E  N  P  T  M  M  V  S  K  H  E
Y  Q  N  S  T  Q  E  N  O  N  R  C  D  Q  U  G  U  Z  P  F
S  L  G  A  C  E  Q  G  S  E  A  R  Q  Z  W  H  J  O  U  Y
E  C  S  V  B  L  R  I  D  E  N  V  O  E  M  B  X  V  E  Y
O  Y  A  D  U  R  T  R  Z  R  D  C  Y  M  C  N  Q  P  V  E
V  S  M  T  A  O  C  O  Y  G  A  F  B  H  E  Y  G  A  U  Z
F  D  V  R  V  W  H  J  U  E  L  L  S  M  F  F  L  T  J  F
L  N  G  L  K  J  I  R  J  T  L  E  A  U  Y  I  C  R  L  U
F  X  C  F  Z  M  X  J  W  T  C  X  M  I  Q  T  I  I  H  D
T  Q  H  E  M  P  W  F  N  E  U  A  O  X  D  Y  H  C  Z  Y
B  W  C  Y  D  L  I  D  D  N  L  U  T  Y  J  W  P  I  U  J
C  P  B  L  Y  Q  S  T  J  N  V  U  X  B  P  X  N  A  T  H
Z  W  U  F  Q  O  N  N  M  A  E  Y  M  U  G  R  J  E  C  G
Z  K  M  B  T  G  B  V  A  A  R  H  C  O  I  M  D  K  I  Z
R  Z  O  V  K  X  V  Q  V  P  M  K  M  V  B  C  U  S  S  V
P  J  P  C  O  P  L  J  Y  X  C  Z  S  L  P  M  Y  K  L  O
```

Otis	Terry
Patricia	Mike
AnnetteGreene	Axel
RandallCulver	Tomas
Jimmy	Big Tiny
	LieutenantWelles

Find the character

```
W  I  D  R  U  O  C  M  B  Y  N  I  M  Y  D  Z  Z  T  K  S
E  O  S  C  A  R  K  B  V  B  R  D  E  P  W  K  N  I  J  I
L  Y  T  K  R  P  E  C  Y  Q  O  L  F  I  R  N  N  M  H  S
T  P  U  J  U  Q  L  L  Z  D  W  J  E  R  Y  E  L  A  H  E
B  R  K  L  B  J  M  X  U  O  W  Y  W  N  V  I  O  Z  A  D
T  J  F  Q  U  N  K  D  R  S  T  E  V  E  N  S  L  I  D  P
H  E  H  C  F  A  Y  C  H  M  K  G  I  M  A  B  D  A  X  F
F  D  M  D  H  R  Z  B  U  A  A  E  W  W  M  A  M  U  X  W
N  D  O  F  K  S  G  N  L  J  N  N  I  S  Y  K  Y  H  G  U
W  Q  Q  N  E  W  Y  B  N  G  G  D  E  D  T  A  O  B  G  A
W  L  G  N  U  M  Y  P  N  W  X  A  R  B  V  N  V  Y  Q  Q
B  E  Q  K  R  N  Q  N  N  N  K  S  K  E  Z  J  V  O  O  S
C  C  D  H  N  N  B  A  L  L  E  N  M  N  W  X  Q  C  L  F
N  L  I  E  M  F  C  N  S  M  Z  V  P  R  N  G  H  F  A  B
P  Q  P  R  A  C  A  V  U  T  V  R  C  I  P  P  P  L  J  E
M  H  W  L  Q  M  Q  M  Y  M  I  L  T  O  N  M  A  M  E  T
H  A  F  Y  T  Y  G  X  Y  S  C  B  Q  A  Q  E  U  V  H  K
K  Q  D  W  Z  X  G  B  P  X  P  D  L  M  O  E  L  O  Z  T
C  R  Q  Y  F  S  L  Y  F  W  S  C  Q  Z  T  B  W  E  D  F
L  B  K  E  P  B  A  V  E  L  G  N  V  U  A  P  M  N  B  U
```

Crowley	Tim
DrStevens	Haley
PennyBlake	MiltonMamet
Paul	Ben
Andrew	Oscar
	Allen

Find the character

```
W  I  O  J  A  D  J  F  D  W  G  N  O  J  A  U  L  A  E  Y
Q  D  T  Y  Y  L  L  O  M  P  I  C  U  G  P  F  I  Q  F  S
A  E  Y  Z  U  X  K  A  R  E  N  D  H  I  P  W  L  N  P  Q
J  B  W  E  N  U  I  U  Y  I  I  E  B  X  A  O  L  R  Z  B
X  G  M  Z  K  D  J  Z  G  T  W  Q  Q  Y  M  Q  Y  Q  W  S
Q  C  E  I  D  S  B  R  H  U  Q  F  C  J  E  R  C  P  Y  J
D  R  W  M  X  P  N  G  Y  Z  E  I  T  C  G  K  H  S  A  I
N  S  U  S  M  S  R  I  V  E  M  C  N  K  H  U  A  M  Y  R
V  G  M  S  E  I  V  S  C  N  S  K  U  S  A  W  M  Q  E  S
R  T  Z  Z  M  J  N  S  K  I  D  J  C  K  N  R  B  V  L  P
M  N  W  E  O  P  H  T  K  T  D  D  I  E  C  K  L  Y  R  F
H  N  S  O  R  U  F  I  L  R  X  A  E  S  H  F  E  I  A  Q
T  L  X  I  M  R  X  W  U  A  I  L  N  H  A  V  R  G  H  W
V  C  Y  P  C  J  X  K  T  M  A  R  N  H  M  S  C  S  Q  M
C  A  E  A  Z  Z  O  P  Z  R  Z  K  E  S  B  G  R  E  X  T
G  R  S  T  P  I  V  B  D  A  C  P  L  Q  L  Z  I  Q  A  L
T  R  F  R  Z  P  E  K  I  S  G  B  U  U  E  Y  F  Z  I  B
W  L  K  I  G  C  I  Q  V  E  T  J  G  G  R  W  F  E  R  W
O  I  G  C  K  L  N  Q  J  A  T  C  W  B  H  T  H  Z  X  V
G  Y  K  K  L  Z  A  J  S  C  F  N  I  S  F  M  P  A  K  H
```

Shumpert

CaesarMartinez

Karen

JudithGrimes

Patrick

Molly

LillyChambler

MeghanChambler

Len

Dan

Harley

Find the character

```
G  Q  G  N  E  G  L  O  D  H  C  T  I  M  Q  R  T  X  W  D
Z  B  S  G  N  H  E  R  Y  J  F  M  S  D  A  C  H  C  T  Z
B  I  V  Z  J  K  O  T  J  P  Y  I  Z  T  L  H  M  R  O  G
M  H  T  N  U  M  A  X  R  J  C  M  J  A  C  D  S  D  S  G
W  D  O  L  B  I  L  L  Y  V  W  A  R  E  J  B  J  I  G  X
X  S  N  N  V  U  M  W  G  R  Y  A  N  S  A  M  U  E  L  S
N  W  Y  V  U  H  Y  V  N  R  B  A  K  H  Z  N  T  L  J  A
R  Y  O  X  S  S  Z  S  W  X  P  Y  K  O  C  D  E  M  G  B
H  S  G  B  T  E  X  C  S  W  T  S  B  Q  I  T  E  T  C  F
C  L  W  L  X  V  M  Y  I  V  Z  P  I  E  U  C  G  N  T  Z
V  T  Y  S  C  G  V  D  K  Q  U  K  K  J  Y  S  B  Q  E  E
H  H  W  N  W  Q  I  N  Q  H  J  O  Y  C  A  A  S  Y  S  N
C  N  T  A  J  V  X  I  G  C  R  Y  W  X  N  Z  W  M  I  F
Q  D  I  F  A  D  F  E  E  G  E  K  I  Y  N  I  K  Z  E  E
R  A  M  D  B  X  Y  W  A  H  F  Z  P  V  T  C  K  O  W  J
N  P  C  D  G  A  B  N  I  S  L  H  S  U  O  R  J  L  C  G
B  A  D  Z  T  D  Z  T  K  R  G  F  M  U  W  G  O  Z  O  V
L  O  C  Q  B  L  Y  B  F  Y  U  N  U  Z  C  S  N  U  D  H
D  R  C  A  L  E  B  S  U  B  R  A  M  A  N  I  A  N  V  O
X  E  N  H  F  Q  A  Z  N  Z  S  S  L  W  W  P  V  Z  G  S
```

Billy	RyanSamuels
DrCalebSubramanian	David
Luke	Clara
Jeanette	MitchDolgen
Joe	Alisha
Tony	

Find the character

```
T  J  D  G  N  D  Y  F  X  K  H  J  V  N  Z  Y  I  E  L  V
O  V  A  O  E  J  V  M  R  E  G  M  O  N  R  O  E  S  X  I
I  Q  W  C  D  H  J  A  J  E  I  D  Y  A  B  B  L  D  C  U
D  W  N  O  A  H  H  H  U  O  V  X  M  A  L  A  F  F  R  U
R  X  L  F  E  O  R  N  O  M  N  E  D  I  A  U  T  N  R  N
S  N  E  P  R  V  V  R  X  Q  N  W  Z  O  T  Q  K  E  I  R
T  G  R  S  N  V  S  C  L  A  N  Z  X  Z  Y  F  X  T  Y  F
E  M  N  P  F  U  S  P  T  G  I  C  Q  R  A  R  R  B  Y  P
V  B  E  O  D  R  E  H  P  E  H  S  A  D  N  A  M  A  K  C
E  R  R  D  B  Z  E  K  S  R  U  H  C  A  M  I  I  W  E  H
N  G  U  T  V  U  S  A  V  C  L  P  I  W  I  D  X  W  C  I
E  Y  F  O  X  W  M  I  K  A  S  A  M  U  E  L  S  C  X  X
D  O  P  Z  I  U  A  A  F  H  C  F  F  O  F  F  V  Q  P  J
W  D  C  E  E  A  N  F  V  G  Z  W  C  Z  M  V  W  Y  B  W
A  O  M  L  S  J  Y  B  T  M  J  Q  K  K  W  I  G  D  Z  C
R  N  S  R  G  T  S  G  L  K  B  I  M  V  N  K  A  E  V  E
D  N  X  Z  P  D  O  E  W  E  U  Z  S  K  I  H  D  V  S  F
S  E  I  H  A  N  V  U  B  M  E  R  H  Z  R  M  R  S  O  H
E  L  H  Y  D  E  N  B  K  S  O  F  V  Z  Y  B  X  Y  U  U
Z  L  V  K  T  Y  T  B  I  C  R  E  K  C  S  E  J  U  H  L
```

Mary	ODonnell
LizzieSamuels	DawnLerner
MikaSamuels	DrStevenEdwards
Noah	AmandaShepherd
Martin	RegMonroe
	AidenMonroe

Find the character

```
Y  C  C  L  S  X  A  E  N  O  V  P  Z  N  X  S  M  U  P  B
C  D  X  C  H  Y  F  Q  P  I  R  W  F  A  S  F  Q  E  Y  D
C  U  R  Z  S  E  T  W  B  T  N  E  X  P  K  V  H  C  Q  A
B  P  R  J  Q  K  J  F  C  N  B  O  B  L  A  M  S  O  N  J
I  N  O  S  O  I  V  X  X  E  V  J  I  Q  R  I  F  W  N  S
A  L  A  O  S  M  E  J  Y  P  L  C  B  A  F  K  M  F  O  S
V  W  A  S  V  R  E  T  S  N  A  P  Y  V  R  E  P  Q  G  N
W  K  C  P  A  P  H  X  E  R  G  L  P  T  C  Q  Y  D  M  F
P  N  M  G  C  C  U  X  I  Q  F  B  O  U  A  K  P  G  N  S
H  O  A  J  M  N  J  V  T  G  Z  Y  C  C  P  Y  Z  L  W  L
U  S  I  X  D  Q  P  W  N  R  P  G  U  A  M  B  T  Z  K  G
L  R  X  V  B  R  E  S  R  S  D  R  A  W  D  E  Y  F  U  T
V  E  O  T  G  X  Q  B  H  P  Y  C  R  E  P  R  V  Y  E  Z
O  D  Z  A  A  R  U  J  A  H  N  U  E  Y  U  L  Y  B  H  M
P  N  H  D  D  B  G  Q  T  E  D  O  D  Y  B  V  M  B  X  X
N  A  S  E  R  E  H  T  F  W  S  D  G  V  L  F  V  B  U  W
X  E  G  W  R  Y  R  X  R  E  I  R  Y  T  X  J  J  Z  O  U
Y  T  V  G  T  B  D  I  C  E  D  Q  H  F  M  T  K  U  Z  M
I  E  J  I  X  S  W  N  N  G  Q  S  H  E  W  Z  F  T  R  U
S  P  B  I  F  S  V  K  R  R  E  W  O  T  R  E  B  L  A  X
```

PeteAnderson	Licari
Theresa	Percy
Mike	Mikey
Albert	Erin
Greg	Edward
BobLamson	

Find the character

```
K F O Z H A A X S A M A N D E R S O N B
J U F L G B N T O X F T L Y S O U S C L
R G R M I B L H P T G I O S R N T U N N
J T A H Y X V F D Z D G G E Z A E J U X
D G N J C A R A B R A B R G B N N Y V N
V A C I Y J A K B U D Q V H I D N U F E
F E I N Z U C L J H R S Q D S E H K N Z
L F N H M X M U F H M R C O N R Q D E X
M T E U L T P K J H T U M X Q S C Q E C
V Q E U V C S L Z U B W A H B O D T X C
A H H Y A C D M T E I U F P Y N V L R N
X J Y E Y T K G Z M E I K G U Y A N Z A
H V E Y W F F O J A O H A U R Y J S R N
F K U Q B W Y I E Y I E I M Q E F A B I
V O F E Y H N L T V O K V W H V K L S B
D B R C X P D Z G Y X S I Z O C D O A O
C A O I F A T D C P L J L Y O Z P H W T
M T I K W N V Y U D I Z O C M M B C Q T
C Z U R E B H W M E R I C R A L E I G H
B V I K W X E C U R B X F G O A R N X Q
```

SamAnderson	EricRaleigh
RonAnderson	Enid
Nicholas	Francine
Tobin	Barbara
Olivia	Kent
	Bruce

Find the character

```
P B O F Z E L A C N U B B Q Q F I D K Y
S U P T I X S M Z F N F F C X Q Y H N Q
E D X N O F M Q F N T C H M B I N K Q L
Y N N F L V N V S Z M Z P D V D W S M Y
N A Y Z B V V N N Y I M G T S Y I Q H D
B H C B G S N W P E L T I V U B L N E K
N N W U J Y U A E U O G K Z Y F D Q N M
O N W P B U J N V H Z Q W K I M H K I A
F U J L G A B D N A U G Z S R O M Y W U
R X Y B N F U Y E T L X V H I Q R J G C
S N T P P O X M T P Z S D A G F Q K D E
S E N R A B E T M P K L D C G J C A Q X
E W M I J R C E U R N P P G U K Q Q O H
G O R M V J R O A O K R U O F M R R U H
R Z F O A I I W X F D Q Z P M H O R Y E
U G L G K X V U W V D U D J N I M L A A
T X F Y G D B O T A I W N S Q X A Z C T
S J U R Z A T Z E H V J D R J V N T U H
S Q V G S C R U O B A S H P F J E I Z K
D Y O L C E S I N E D R D M X C X L T E
```

Owen	Sturgess
DrDeniseCloyd	Bud
David	Primo
Annie	Roman
Barnes	Andy
	Heath

Find the character

```
I  N  U  I  R  E  L  H  N  Y  R  R  E  H  S  Y  S  C  I  E
V  H  J  E  K  B  B  A  N  I  S  Q  G  B  D  H  J  C  W  F
C  I  E  B  V  P  P  R  N  P  M  V  Z  A  I  A  N  T  I  W
H  Z  R  G  N  A  Z  T  J  N  H  A  K  B  A  L  W  I  N  W
Y  C  R  Y  F  G  B  L  R  E  A  B  J  Y  N  C  R  X  U  B
N  D  Y  C  Z  W  E  L  V  V  X  Y  B  N  N  S  I  M  O  N
U  R  Y  P  E  R  E  T  V  M  B  U  W  Z  E  E  M  Y  W  K
M  Y  V  G  A  I  U  X  X  I  D  S  R  O  O  B  D  Y  F  G
A  M  O  X  K  C  O  J  E  S  C  F  G  H  F  X  W  O  C  Q
R  Q  V  E  A  H  Q  H  J  N  I  S  C  F  U  W  J  U  L  Z
S  C  Z  K  W  A  B  M  M  A  T  P  D  F  A  J  Z  B  H  O
K  E  K  T  V  R  J  K  H  E  M  S  C  J  R  R  H  U  U  X
F  P  C  I  Y  D  I  M  Q  D  W  A  A  O  O  T  A  V  C  Z
O  N  I  Z  A  G  K  Z  L  U  Q  H  X  S  E  L  N  T  S  F
U  J  X  M  U  Y  Q  U  D  B  E  E  V  Z  B  W  T  Y  E  V
P  W  Y  C  C  J  O  E  M  Z  L  U  Z  Y  W  O  Y  N  V  P
T  L  M  U  F  D  I  G  N  G  T  L  G  X  C  M  H  B  G  V
E  I  S  G  A  R  U  A  L  F  G  A  A  S  R  W  R  E  S  O
B  S  O  D  W  M  M  P  A  V  Z  I  L  F  R  E  Y  R  B  V
E  Q  J  P  U  A  Z  A  X  T  L  O  K  M  H  J  M  Q  Y  G
```

Scott	Laura
Anna	Benjamin
Sherry	Jerry
Simon	Dianne
Ezekiel	Richard
Arat	

```
V  D  L  F  N  F  N  T  G  R  G  M  F  R  Y  C  F  Y  Q  D
N  N  X  U  Y  G  L  Q  Z  C  K  I  P  V  F  N  N  N  Z  M
M  R  C  H  U  E  I  K  N  A  R  F  R  K  I  C  W  M  J  P
L  R  T  X  C  S  N  Q  C  I  Y  H  E  Y  P  Y  U  G  Q  A
M  A  H  P  U  K  X  R  C  P  L  Z  C  L  D  W  Z  X  J  B
K  B  U  P  Z  O  I  K  F  D  L  O  X  G  U  E  N  U  Y  U
R  G  D  F  J  C  G  L  D  D  R  S  N  W  D  Z  H  G  N  D
N  B  E  A  T  R  I  C  E  Z  F  I  Y  P  Y  C  D  M  J  T
O  D  L  K  I  Q  K  R  N  C  O  D  U  U  T  T  U  N  O  M
U  J  F  M  K  I  T  P  P  P  L  A  O  B  T  S  F  H  Y  H
S  J  E  D  L  T  X  R  K  H  Y  J  L  W  F  S  D  Q  U  N
H  S  Q  H  G  B  A  L  Q  L  S  E  H  M  T  J  Q  T  T  Z
N  S  N  J  N  C  G  I  R  E  B  M  A  B  K  L  I  S  V  Z
L  A  E  E  H  L  U  M  I  F  W  Y  S  U  S  X  X  R  G  A
E  I  Q  E  M  R  E  J  T  M  P  E  F  T  D  K  B  T  Y  W
T  N  L  I  L  L  T  R  F  Y  G  H  N  G  U  A  H  N  U  T
J  A  P  D  O  K  K  A  L  Y  A  G  H  M  B  J  A  E  Q  E
T  T  P  N  C  I  E  A  Z  Z  G  P  G  O  D  T  R  W  B  D
Y  A  C  Y  U  T  K  U  G  X  G  S  O  L  Q  I  U  B  N  Y
V  N  E  C  K  I  T  X  E  T  N  W  B  Z  X  Q  U  Q  V  Y
```

Cyndie	Jadis
Natania	Beatrice
Rachel	Kathy
Amber	TDog
Tanya	RickGrimes
Frankie	

Find the Actor

```
W  F  I  O  L  Q  U  T  C  J  N  A  A  E  N  I  G  N  B  R
B  K  B  N  A  G  E  A  K  Y  X  M  N  I  A  D  P  O  G  Y
S  F  Z  V  R  L  T  N  P  H  E  Q  U  K  X  P  H  R  J  K
E  G  X  J  L  D  T  D  L  N  J  Y  Q  R  X  V  M  M  Z  G
I  V  O  J  H  X  M  R  A  X  F  E  G  A  V  M  T  A  X  O
L  V  P  U  K  B  N  E  I  I  O  K  E  B  E  R  P  N  T  C
L  E  K  D  S  P  E  W  U  U  F  R  C  G  B  Y  Y  R  R  P
A  C  J  K  U  S  D  L  T  E  U  C  H  H  A  K  K  E  D  W
C  K  O  W  K  N  L  I  F  S  I  L  A  I  B  T  C  E  E  V
E  Q  N  U  Z  X  O  N  D  E  L  O  N  X  N  W  U  D  C  Y
N  W  B  A  J  V  H  C  L  P  I  V  D  L  U  I  T  U  C  Z
Y  Q  E  E  J  Z  E  O  M  B  T  H  L  F  E  A  R  S  S  I
A  E  R  M  K  T  I  L  K  W  S  R  E  A  Y  F  U  A  A  R
W  Q  N  L  W  E  R  N  L  F  F  J  R  F  N  T  S  X  M  E
H  N  T  C  B  C  U  H  F  C  V  Y  R  Y  E  M  Q  U  Q  E
A  E  H  D  M  K  A  D  R  I  L  W  I  Q  V  U  K  K  Q  U
R  S  A  H  J  K  L  J  Z  X  F  H  G  X  E  G  J  M  S  P
A  M  L  X  D  C  N  X  C  R  V  A  G  Z  T  Y  V  D  U  J
S  D  U  B  A  P  G  B  G  Y  B  X  S  Y  S  M  S  K  Q  F
Q  C  G  G  X  J  E  F  F  R  E  Y  D  E  M  U  N  N  R  F
```

AndrewLincoln	JeffreyDeMunn
JonBernthal	StevenYeun
SarahWayneCallies	ChandlerRiggs
LaurieHolden	NormanReedus

Find the Actor

```
R  K  X  S  L  L  A  U  R  E  N  C  O  H  A  N  P  A  C  I
F  Q  F  R  Y  U  L  Y  P  S  X  E  F  R  W  I  Q  R  V  D
A  M  X  K  B  J  L  P  Q  O  O  M  E  S  A  A  B  I  B  H
O  E  N  X  P  N  V  K  F  Y  H  I  X  I  P  F  R  R  I  S
L  L  F  H  I  H  Y  V  Z  A  I  C  X  M  E  N  D  U  P  C
J  I  N  H  U  Z  M  E  A  S  L  H  L  Q  S  Q  A  G  E  O
M  S  D  L  D  D  S  G  S  V  R  A  L  D  Q  A  X  I  R  T
A  S  E  E  N  A  D  O  P  S  M  E  E  P  L  J  Y  A  E  T
T  A  F  N  E  B  A  Q  Y  Y  I  L  P  D  L  L  L  N  O  W
F  M  Y  N  P  M  C  K  Z  Z  C  R  Y  X  V  E  D  A  J  I
B  C  E  I  U  E  I  M  U  H  N  O  R  E  P  B  S  D  N  L
S  B  W  E  G  L  C  L  A  I  Y  O  X  O  C  X  L  T  B  S
M  R  K  J  W  A  N  C  Y  C  N  K  G  O  M  T  L  R  I  O
B  I  C  A  C  U  K  U  R  K  C  E  M  I  F  D  C  H  S  N
L  D  I  M  U  F  Y  L  E  T  I  R  S  M  X  B  I  R  J  M
A  E  L  E  Q  Y  I  H  G  C  J  N  H  G  Q  G  F  V  N  K
P  J  B  S  G  Z  V  R  Q  L  T  Z  N  V  Q  T  D  M  A  C
H  E  S  G  P  F  X  E  Z  A  J  D  L  E  V  W  W  M  O  D
K  Z  F  L  M  M  W  L  I  G  C  R  C  P  Y  S  K  N  L  M
D  I  I  E  B  C  H  F  N  N  Z  O  R  H  N  J  V  R  F  D
```

MelissaMcBride   ScottWilson
MichaelRooker   EmilyKinney
LennieJames   DanaiGurira
LaurenCohan   DavidMorrissey

Find the Actor

```
U  P  F  S  S  R  L  C  D  O  R  J  V  R  E  O  I  S  I  K
A  C  Q  E  L  I  X  X  B  D  J  S  N  S  G  L  G  D  D  J
D  E  V  C  J  M  P  I  F  P  D  T  B  O  C  O  F  Z  X  K
V  U  J  E  K  J  U  J  M  W  R  T  Z  N  H  H  O  T  G  J
J  S  P  A  G  J  I  D  W  C  A  A  A  E  R  O  J  I  G  K
A  V  D  F  G  S  U  P  P  Y  I  L  B  Q  I  O  I  L  M  J
G  T  U  Q  C  T  D  Q  S  M  L  A  D  U  S  T  B  D  J  V
I  T  D  K  W  X  N  L  M  F  L  N  P  A  T  U  Y  U  K  G
R  I  C  N  A  G  A  R  X  M  I  N  D  M  I  D  O  C  B  V
D  M  P  A  S  Y  H  M  I  K  G  A  N  A  A  V  F  L  T  X
O  R  V  M  I  V  Q  M  F  O  E  M  J  R  N  K  S  E  D  I
M  E  O  E  D  M  I  M  Q  P  C  A  X  T  S  E  X  A  S  A
D  D  K  L  D  T  A  G  N  Y  N  S  A  I  E  L  A  H  J  I
T  C  T  O  J  Q  V  D  O  S  E  T  V  N  R  T  Q  C  E  X
D  M  D  C  H  Q  Q  K  F  Q  R  E  Z  G  R  N  A  I  M  Y
M  H  B  D  Y  L  U  Y  Q  A  W  R  E  R  A  W  O  M  C  K
W  S  L  A  J  N  H  W  O  J  A  S  C  E  T  A  C  S  A  M
T  O  G  H  H  Q  Y  P  A  O  L  O  P  E  O  W  E  I  K  Y
W  J  B  C  A  L  I  X  O  T  O  N  T  N  S  M  S  Z  J  V
Y  O  G  J  D  Z  B  A  N  D  R  E  W  J  W  E  S  T  G  B
```

ChadColeman	MichaelCudlitz
SonequaMartinGreen	JoshMcDermitt
LawrenceGilliardJr	ChristianSerratos
AlannaMasterson	AndrewJWest

Find the Actor

```
W  S  R  M  X  J  M  L  S  L  Z  D  N  Z  T  R  O  I  E  S  R  U  Z
L  O  W  U  S  S  U  Z  Z  H  T  M  Z  T  G  H  P  T  O  E  G  X  D
C  W  L  P  J  N  U  U  O  J  Y  W  T  P  G  L  X  O  C  E  B  B  F
I  I  Q  Q  N  N  A  G  R  O  M  N  A  E  D  Y  E  R  F  F  E  J  X
B  R  A  E  U  H  M  J  N  S  J  K  Y  K  G  M  D  U  H  S  X  W  D
C  W  H  X  O  U  R  X  S  F  S  Q  Q  D  Q  B  Y  F  M  B  Q  B  G
J  J  R  Z  F  D  A  S  U  E  R  G  L  E  F  Q  E  T  Y  H  Y  X  N
N  Y  M  V  M  U  F  B  T  A  X  Q  L  S  O  B  L  G  P  K  M  R  X
I  F  I  U  O  A  D  H  U  H  S  D  L  E  F  H  A  V  O  T  I  R  O
V  H  F  P  N  S  G  R  P  U  H  O  Q  D  C  S  X  A  A  O  B  Z  J
X  W  W  Q  Y  I  D  D  X  E  S  Q  X  F  J  L  Y  K  C  Y  S  B  O
Y  Z  H  U  L  Z  N  E  Q  Z  U  A  N  A  Z  K  D  Q  X  T  V  A  I
Z  S  O  L  N  T  A  K  Y  Y  S  M  W  C  O  O  B  V  H  Z  C  Q  L
T  M  I  H  W  U  U  X  K  W  D  M  T  N  W  L  N  W  N  L  Z  C  E
C  A  Y  X  R  J  Q  R  K  O  Q  U  Z  Z  J  M  H  K  S  O  K  D  M
M  M  E  G  D  I  R  N  E  K  C  E  R  B  A  R  D  N  A  X  E  L  A
H  Q  C  A  O  D  A  P  P  T  M  F  E  E  N  Y  A  P  M  O  T  Z  N
H  S  A  V  J  S  M  Z  J  M  Q  Y  J  Y  E  C  R  I  T  K  M  K  I
C  Y  R  B  K  O  S  L  I  V  L  N  I  I  C  R  R  F  E  J  H  A  T
D  C  S  W  Y  Q  S  B  J  V  X  N  B  W  T  T  D  S  A  R  Q  H  S
Q  K  B  H  I  J  O  M  S  Q  T  G  F  Y  P  D  W  Z  D  P  M  V  U
O  V  E  I  V  Z  R  A  U  S  T  I  N  N  I  C  H  O  L  S  B  H  A
T  V  G  V  G  A  T  O  S  X  A  N  D  E  R  B  E  R  K  E  L  E  Y
```

SethGilliam
RossMarquand
TovahFeldshuh
AlexandraBreckenridge

AustinNichols
AustinAmelio
TomPayne
XanderBerkeley
JeffreyDeanMorgan

Find the Actor

```
G F I R I K V X S O L L E B A M M E Z E
Q F T G L V D N C K F X I C D F W Q M E
K Z V I V I A N A C H A V E Z X C R J J
B J I Y A A U M A D I S O N L I N T Z R
L G H Y L W Z H X V P N L L P K Q V W G
N H T A J E R A P N A U J G P O G L U O
N H X H S B F T O U D C E L P O T A Z X
T M Y Y A N D R E W R O T H E N B E R G
Y E D X A M M G M H M N M L S N I I C C
J E R Y L P R E S C O T T S A L E S T A
M H D Y N C B N P M W B Y D A N S E B A
W L X K G F P H W S H N C Q R T X E J P
Q A X A Z N O T E L G N I S E N O R I F
U B F D K P N B D W G Z F V S D N U M V
Q V Z E A U K K G L U J E K O D Y J U Y
F Z M S V M B L J D E X H P D L K S J N
N S A Q U H C I V O R A N I M M A D A G
Z Z O O R Z C W I Y H D U L U U A V Q V
G Q K J N X L V D G D R I N D H X Z B R
C N E N G D M A G M A L F H G Z M X Z V
```

IronESingleton   JerylPrescottSales
MadisonLintz   AndrewRothenberg
AdamMinarovich   JuanPareja
EmmaBell   VivianaChavez

Find the Actor

```
T  O  F  H  E  L  K  T  P  P  Z  S  L  X  Z  F  Z  U  U  Z
I  A  S  C  N  N  Z  Q  U  B  J  B  H  T  T  P  H  G  N  F
Z  E  T  I  Z  O  U  E  Y  G  O  A  W  L  R  T  F  E  G  D
M  Z  A  R  U  J  A  C  N  E  S  U  U  R  O  F  G  S  Y  V
G  V  F  E  W  C  T  H  C  A  K  U  P  C  X  E  Q  D  Y  O
F  Y  U  M  S  F  H  A  L  M  J  W  D  I  Z  J  I  O  V  K
T  A  J  M  T  E  J  T  P  O  N  V  L  L  G  J  Q  M  L  U
K  O  S  E  U  V  A  F  X  M  M  E  E  B  S  A  M  T  Z  K
I  V  S  H  Y  V  B  D  V  V  K  A  L  B  U  L  B  O  P  O
L  F  M  A  L  S  H  H  A  B  H  P  X  L  S  T  C  J  H  Z
U  E  A  O  H  O  O  C  E  C  T  U  Y  H  A  C  T  Y  A  N
G  P  D  N  T  T  Y  T  I  D  V  M  M  D  V  S  Z  K  X  L
F  H  D  G  Z  Y  P  M  V  T  B  G  U  W  K  Z  E  K  I  W
L  L  I  E  N  C  M  E  N  A  J  N  Z  R  W  E  C  M  D  G
A  G  E  I  Z  H  H  U  Y  E  H  F  Q  O  V  N  D  L  A  P
D  K  L  J  X  E  E  P  X  R  U  H  C  Q  J  X  D  Q  J  J
B  S  O  W  W  B  R  I  C  N  Z  T  R  J  Q  U  W  Z  X  E
W  A  M  X  F  N  V  S  Y  A  X  M  H  K  K  F  R  S  Z  U
H  S  A  P  R  U  I  T  T  T  A  Y  L  O  R  V  I  N  C  E
L  S  X  Y  E  N  A  H  C  R  E  B  M  A  R  X  J  V  S  E
```

MaddieLomax	JaneMcNeill
NoahLomax	AmberChaney
NoahEmmerich	MichaelZegen
PruittTaylorVince	JamesAllenMcCune

Find the Actor

```
J  G  R  Z  F  X  R  Y  W  F  B  H  N  I  I  A  A  J  Y  J
N  W  P  A  Z  J  H  J  G  E  W  G  A  F  S  O  T  L  G  U
I  E  K  K  K  A  W  A  X  N  E  S  Y  L  E  L  X  M  W  P
C  R  Y  F  R  R  V  M  V  E  P  G  P  L  L  L  R  D  I  Q
K  Y  H  J  D  T  X  W  Y  Y  Z  Q  H  T  P  I  O  J  B  K
G  S  P  N  Y  H  Y  N  L  V  G  Q  K  I  M  D  X  Q  H  U
O  Q  N  C  G  U  R  S  G  I  X  T  B  Q  E  E  S  P  K  T
M  X  C  X  B  R  G  D  B  P  E  G  B  D  T  C  R  O  F  P
E  S  T  J  J  B  B  T  H  B  L  Z  J  K  W  O  J  C  M  N
Z  H  W  A  W  R  L  H  K  Z  O  X  P  N  E  I  K  Q  I  X
K  Y  L  Y  Z  I  J  E  P  P  T  F  B  G  L  L  L  O  B  W
V  B  C  J  D  D  I  O  K  H  D  N  N  D  P  U  T  D  Z  P
K  W  Z  N  U  G  D  D  M  V  J  F  G  O  R  J  I  R  U  K
N  X  H  B  Y  E  Y  U  F  Q  B  D  M  K  D  G  P  Y  P  I
B  Y  O  X  M  R  Y  S  H  K  C  D  A  I  O  N  A  B  N  J
I  K  H  A  Z  S  N  C  W  G  F  A  A  W  C  S  A  L  N  F
V  S  H  N  J  Q  W  R  T  Q  V  V  J  V  P  E  G  R  K  Y
S  E  O  C  V  G  Q  A  F  M  K  F  M  L  U  X  U  G  B  P
H  B  Z  W  R  O  D  N  M  X  E  G  D  O  H  S  I  D  L  A
O  Y  H  T  A  N  R  E  B  A  H  G  I  E  L  A  Z  N  O  D
```

BrandonFobbs	TheodusCrane
AldisHodge	JulioCedillo
LewTemple	ArthurBridgers
NickGomez	DonzaleighAbernathy

Find the Actor

```
M  D  T  T  L  P  H  W  K  P  L  Q  G  Q  R  B  R  L  J  M
G  X  G  M  R  E  S  A  H  C  R  E  L  Y  T  I  D  K  C  H
O  J  Q  B  X  V  S  R  T  N  V  E  L  I  P  W  Y  A  L  Y
A  U  A  T  W  Y  B  Z  I  T  J  L  V  K  Q  S  C  A  F  N
L  E  C  O  Y  L  U  G  K  I  A  S  B  S  T  E  R  H  Y  B
Z  M  G  T  S  B  L  A  W  J  Q  A  C  N  O  R  C  H  H  P
W  X  D  Q  C  K  D  I  U  R  E  L  Z  A  J  O  R  T  U  F
J  N  A  S  Z  B  V  G  C  H  O  O  Z  M  K  G  C  D  E  N
V  F  A  T  K  R  M  Q  V  E  J  K  R  Y  F  E  V  I  V  Z
I  E  L  R  A  G  A  S  Z  R  P  I  B  Z  W  R  V  X  Y  D
N  N  O  E  S  P  W  T  T  O  Y  N  N  S  X  M  H  O  S  Y
C  X  F  B  D  C  N  E  K  O  P  A  M  E  L  I  I  H  B  A
E  Y  M  O  W  P  N  O  E  M  P  X  A  I  V  T  Y  W  D  H
N  H  W  R  Q  V  I  A  P  E  O  E  D  L  L  C  D  X  H  Z
T  Z  Y  S  I  I  J  O  N  C  K  L  J  Y  C  H  L  B  O  S
M  B  A  A  S  C  L  Z  R  I  R  A  P  K  Y  E  O  B  W  D
W  L  Q  L  C  A  C  V  Y  K  D  P  A  S  X  L  X  G  S  H
A  K  N  L  Y  W  O  N  G  R  V  O  U  N  K  L  A  X  R  T
R  R  O  A  P  N  M  V  O  A  K  E  C  N  E  R  W  A  L  K
D  D  A  D  E  C  J  D  G  M  C  P  C  B  G  W  P  F  S  L
```

KylieSzymanski   AlexaNikolas
ERogerMitchell   DallasRoberts
MarkiceMoore   TylerChase
LawrenceKao   VincentMWard

Find the Actor

```
V U B M C O D W W J U A H R O U F H K E
N C I M E Y R I C K M U R P H Y G C H K
X H F C S X M B I C H D W G B U T V O R
R G M J L M T N R R C R X I M Z C U L M
D M E Y J Y J I I N E E L R W Q Z C L H
K J Z E K F Y G D X O Y A O O P U X I Y
X I I T A H B U J G L M M V B F M K T C
F M J Y J R I N Z V S A I C Q J V K N M
P S V I N C E N T M A R T E L L A E A H
Y A M S A M O H T L E I N A D O O N C Y
F Q A P S E N K U J J E R V P H K N O N
Z J T Z F L X P L Z K A D E W T S E L Z
X K Y D Q K Y U P Y I N F C A C Q D B T
D X X B Q U G G C T I D V H T G J Y A V
T U T W S B S R H T O E R I T J J B P T
R C V P I G O Q U T X R E E A V J R E H
I Y D O I Z N O P A S S I L E M O I S Y
I F D F A F C I Y P N O V M B Z Y C O X
R M H A T Q E X L O S N F A Q R P E J Y
C G V B K D M S T R A V I S L O V E Q Z
```

DanielThomasMay   VincentMartella
TravisLove   KennedyBrice
JosePabloCantillo   AudreyMarieAnderson
MelissaPonzio   MeyrickMurphy

Find the Actor

```
M  A  R  C  U  S  H  E  S  T  E  R  I  A  U  N  G  K  K  R
K  R  B  G  Y  K  H  D  E  G  D  I  B  A  T  L  D  E  O  Y
A  N  V  H  K  M  W  R  R  P  G  X  K  W  G  L  I  V  S  S
I  Y  K  L  L  A  H  N  E  D  N  E  M  C  I  R  E  E  E  K
Z  I  H  H  V  I  G  C  D  J  D  E  V  E  R  M  O  R  E  S
H  S  N  P  N  V  R  L  U  K  E  D  O  N  A  L  D  S  O  N
A  H  S  W  T  C  G  F  V  R  O  I  Z  H  U  O  I  L  H  E
X  F  X  H  M  G  Z  B  S  U  S  E  Y  B  M  N  X  U  I  S
D  L  H  Z  E  M  P  S  K  O  O  R  B  H  T  I  E  K  T  O
H  S  U  N  K  R  I  S  H  B  A  L  A  O  M  Z  Z  N  J  R
Y  I  S  Z  T  B  R  F  T  L  Z  L  C  T  F  O  L  Z  F  C
C  T  D  J  C  Q  X  Y  L  X  O  E  A  W  Q  H  P  B  W  Z
C  M  C  E  K  F  C  E  R  P  Y  V  T  M  O  L  K  V  E  L
G  S  R  F  T  B  L  U  J  I  B  I  M  C  S  B  U  N  B  R
B  T  O  F  W  L  S  Y  G  M  C  O  R  N  J  R  Z  W  W  K
F  R  H  K  A  J  I  G  Z  M  B  H  X  F  A  H  V  L  I  S
O  Y  I  O  Q  Q  N  B  J  T  Y  R  A  V  K  I  E  F  P  P
V  R  W  B  P  G  U  C  Z  G  O  O  F  R  O  L  B  M  Z  U
D  O  Q  E  D  T  V  I  A  X  R  I  V  E  D  B  E  O  Z  B
J  R  I  R  H  W  J  U  M  C  U  P  E  V  T  S  X  J  F  Y
```

MarcusHester   SunkrishBala
KeithBrooks   LukeDonaldson
JDEvermore   SherryRichards
EricMendenhall   JeffKober

Find the Actor

```
P  J  X  O  M  X  G  G  L  X  A  V  P  N  I  W  X  C  R  Q
R  O  B  E  K  D  M  U  S  A  F  P  S  P  R  W  R  R  P  S
D  T  R  J  Z  G  O  D  E  V  E  C  A  K  R  I  K  G  G  D
Z  E  A  R  G  L  N  Z  D  D  R  N  X  D  A  V  I  J  A  Y
Z  C  N  W  A  Z  Z  T  Z  K  E  R  R  Y  C  O  N  D  O  N
E  Z  D  I  Y  T  Q  J  E  U  X  T  Q  Y  N  C  W  J  O  X
R  F  O  O  S  E  G  H  P  L  A  J  K  I  V  U  C  S  L  J
L  K  N  I  A  E  F  N  T  M  H  G  B  P  S  B  V  I  Q  U
J  P  C  L  Q  M  C  Z  Z  P  R  R  J  U  D  B  I  A  Z  L
B  P  A  Q  L  V  T  R  N  Y  A  D  G  J  O  I  C  U  X  I
F  P  R  N  G  Y  Q  Z  O  H  M  T  F  J  Y  Y  T  K  H  A
W  H  R  C  V  O  Z  B  S  S  T  I  D  S  V  Q  O  E  L  N
K  V  O  H  W  S  E  N  L  Z  B  W  P  J  F  J  R  J  F  A
R  L  L  N  R  K  O  J  F  A  K  Y  O  D  Q  X  M  T  S  H
E  J  L  X  Z  T  D  O  K  C  C  Q  M  B  L  N  C  S  C  A
T  Z  Z  S  H  U  C  Y  E  P  F  V  K  O  S  G  C  A  R  R
V  M  Q  G  U  Y  I  X  S  Q  P  R  L  R  V  Z  A  T  Y  K
G  T  I  J  I  T  T  C  J  I  J  Z  S  M  Y  A  Y  J  G  A
Z  R  E  B  K  U  J  T  L  W  L  A  Z  R  O  W  S  Q  X  V
B  H  W  X  B  Y  L  E  B  K  O  P  I  E  E  W  H  Y  Y  Y
```

DaviJay   KirkAcevedo
VictorMcCay   JulianaHarkavy
BrandonCarroll   DeniseCrosby
KerryCondon   BrightonSharbino

Find the Actor

```
U  A  F  C  T  T  V  O  X  W  O  M  B  U  K  I  S  H  K  F
G  H  P  O  S  J  S  E  F  Z  E  Y  I  H  D  U  F  M  O  H
L  F  N  B  T  T  F  Y  L  O  V  H  Y  R  B  N  E  O  M  I
Z  U  V  U  V  S  Q  L  G  M  T  Y  O  W  A  E  D  T  A  A
T  S  R  N  E  W  S  D  O  O  W  E  N  I  T  S  I  R  H  C
Y  T  E  R  I  W  Y  B  L  E  L  S  C  F  B  N  V  K  O  T
Y  E  B  P  E  W  G  Y  Q  V  B  O  C  S  J  E  A  P  T  N
K  V  C  I  D  M  N  T  E  Y  Y  W  N  Y  S  J  J  V  M  M
A  E  M  A  F  J  V  Q  O  S  J  D  A  Z  S  K  G  O  D  N
R  C  O  O  O  W  F  O  T  D  O  J  E  F  E  I  Z  T  E  T
G  O  Q  V  E  V  Y  A  P  D  I  O  D  N  X  R  C  C  P  T
U  U  U  L  U  N  R  B  U  P  U  F  F  P  E  E  U  C  F  K
W  L  T  G  H  M  Y  E  R  D  X  H  W  K  R  K  O  D  N  T
E  T  Y  L  E  R  J  A  M  E  S  W  I  L  L  I  A  M  S  H
N  E  X  I  J  B  E  A  W  R  H  D  A  M  L  F  M  L  D  G
W  R  E  N  P  K  M  T  W  Y  E  F  B  G  N  K  F  U  Y  P
Z  T  R  F  I  X  M  V  G  C  K  E  Q  R  F  Q  G  N  W  K
P  K  H  I  K  Z  J  U  G  Y  O  C  S  I  R  H  C  T  K  N
T  Z  P  Y  A  A  H  G  I  Z  Z  T  I  D  S  E  L  R  I  K
N  K  U  Q  U  W  J  B  C  D  M  Y  F  R  K  E  I  E  E  B
```

KylaKenedy   ChristineWoods
TylerJamesWilliams   ErikJensen
ChrisCoy   TeriWyble
RickyWayne   SteveCoulter

```
Z  E  D  N  A  N  R  E  H  O  N  A  I  L  I  M  I  X  A  M  J  K
W  P  P  J  T  R  A  V  I  S  Y  O  U  N  G  H  F  R  A  V  O  T
L  G  S  N  R  U  B  S  I  R  H  C  L  X  Y  X  B  Z  V  O  I  G
V  E  E  U  H  W  X  P  F  O  T  W  T  F  Z  S  F  N  C  G  H  V
R  K  E  P  O  Q  T  T  G  A  L  V  J  C  N  K  Q  W  C  U  K  B
O  R  A  E  C  I  G  F  C  L  L  T  Q  C  N  W  E  Z  L  G  W  T
Y  I  C  J  N  R  N  S  K  P  I  F  E  L  S  H  N  C  M  V  X  Q
C  J  S  B  V  K  T  H  V  C  R  F  T  D  T  S  R  N  F  Y  U  H
A  P  P  L  S  U  E  P  B  L  B  N  G  T  O  X  T  S  S  A  B  L
P  G  N  N  Q  M  G  J  R  B  Y  H  A  N  G  B  V  N  D  S  V  K
A  U  X  O  S  Q  R  G  N  Y  E  M  F  X  Z  X  K  A  G  X  C  Z
P  C  G  G  B  R  L  Y  O  A  R  Q  L  W  V  E  N  Y  X  C  P  G
N  N  T  H  U  M  C  M  D  E  O  N  O  Y  C  I  H  J  M  O  P  C
I  S  K  D  N  Y  E  Q  H  K  C  E  T  G  E  X  P  H  S  R  G  J
M  V  M  N  R  P  A  P  R  I  L  B  I  L  L  I  N  G  S  L  E  Y
A  N  A  L  X  N  O  E  K  L  L  L  B  E  T  W  S  M  E  X  Q  S
J  H  O  E  G  T  T  U  D  J  J  O  V  K  Y  L  M  T  R  A  N  J
N  S  O  T  S  V  P  M  D  J  N  P  H  C  G  W  O  Z  D  B  E  T
E  Z  K  I  K  G  M  T  M  J  W  Q  M  X  M  K  M  R  L  U  Q  J
B  C  R  Z  Q  R  F  H  O  I  O  W  L  Y  E  I  F  Y  Q  Q  X  Q
I  H  Q  Y  N  Q  X  U  G  X  N  W  B  X  T  M  F  P  U  R  L  Q
C  F  Q  S  U  T  R  X  G  K  H  M  K  K  C  V  G  Y  B  O  V  L
```

DanielBonjour

CoreyBrill

AprilBillingsley

ChrisBurns

BenjaminPapac

TravisYoung

MaximilianoHernandez

ChristopherMatthew-Cook

Find the Actor

```
Z  O  N  S  O  D  A  G  O  T  Z  T  D  Y  T  K  O  A  K  X
I  O  U  I  N  C  S  V  D  P  P  Y  S  E  D  H  N  K  A  I
S  H  R  H  E  Y  L  A  D  Y  O  D  B  K  Q  O  A  A  R  Q
K  M  S  I  E  S  T  O  R  B  A  A  B  E  H  N  C  F  N  T
P  S  S  D  A  E  E  K  C  Y  W  W  L  F  R  W  R  N  A  N
A  J  M  E  R  X  R  E  P  W  Z  Y  U  R  W  W  A  B  G  A
O  M  V  Y  O  D  S  A  Z  I  N  L  O  O  P  A  M  Z  R  W
Q  A  S  K  W  S  Y  X  F  B  F  C  L  P  Q  J  H  Y  O  O
A  J  B  U  E  N  J  A  S  O  N  D  O  U  G  L  A  S  M  G
R  O  Z  J  B  O  T  E  I  W  E  V  E  W  S  B  J  Y  Y  C
M  R  T  D  F  A  Q  N  S  P  F  N  A  J  J  Z  I  S  N  R
M  D  X  U  R  K  C  E  X  H  C  V  I  C  V  G  L  H  A  A
K  O  A  N  B  R  P  F  O  P  M  F  W  F  F  G  E  I  F  M
A  D  H  V  D  T  Y  P  O  E  J  M  B  E  I  N  R  O  F  V
W  S  Z  C  G  E  C  R  S  X  O  S  O  M  Y  L  Q  A  I  V
R  O  N  Y  A  R  T  L  E  A  H  C  I  M  M  P  S  J  T  L
F  N  Y  G  W  D  K  N  H  X  E  B  D  N  T  M  L  O  Y  Q
I  X  K  R  O  G  L  N  S  M  A  R  B  A  N  I  T  S  U  A
N  D  G  A  G  Z  N  G  M  O  I  A  F  B  G  J  D  F  T  M
I  W  F  Q  G  D  R  W  Y  Y  M  M  Z  K  L  P  V  B  Y  H
```

MarcGowan	MajorDodson
ElijahMarcano	AustinAbrams
TiffanyMorgan	MichaelTraynor
JesseCBoyd	JasonDouglas

Find the Actor

```
U  J  A  N  O  S  N  I  B  O  R  S  D  O  O  W  N  A  D  R  O  J
I  F  X  Z  R  V  J  V  O  G  G  E  B  B  B  N  G  S  B  A  C  X
C  Y  U  U  G  Z  D  N  E  C  P  R  Z  D  Y  M  S  D  K  S  T  V
Y  O  V  Z  D  V  Y  J  A  V  D  Y  T  G  B  Z  A  G  M  H  C  Y
E  E  B  A  K  C  U  H  D  E  T  L  I  A  Q  B  M  K  L  M  M  K
N  I  U  P  O  V  E  T  X  V  U  A  F  L  E  D  P  R  K  M  T  J
G  L  J  U  U  V  W  D  T  A  N  Y  R  D  C  Q  R  P  B  P  K  L
X  X  L  F  T  W  P  C  G  K  Z  I  T  G  B  N  Q  W  C  E  Y  A
B  Q  O  X  L  N  J  E  B  P  T  L  W  Z  X  E  N  F  X  Y  E  U
F  S  K  A  T  E  L  Y  N  N  A  C  O  N  H  D  Y  L  A  Q  I  L
S  Y  T  U  G  A  O  J  J  R  B  K  I  W  H  R  K  T  T  E  K  S
U  X  N  M  I  P  H  F  Q  E  R  A  S  P  X  Z  G  D  W  P  Z  T
G  G  B  L  K  V  N  A  W  F  E  Z  C  C  N  F  F  H  N  Z  S  Q
H  G  H  M  N  I  T  R  B  O  I  Z  Q  C  A  E  L  A  P  G  T  X
X  A  Y  G  W  K  U  F  B  L  L  G  C  B  D  S  Q  F  W  D  U  Z
D  R  R  E  K  E  N  I  T  S  I  R  H  C  I  D  N  A  M  R  T  P
L  E  U  M  A  S  T  C  I  D  E  N  E  B  A  Y  K  V  Z  F  X  G
D  A  V  I  D  M  A  R  S  H  A  L  L  S  I  L  V  E  R  M  A  N
S  P  F  O  U  X  Q  M  C  G  L  R  Y  G  Z  Q  Z  A  F  Y  B  F
Q  M  Y  K  Z  S  G  L  E  O  X  D  Z  E  Y  U  A  N  N  Z  N  Q
S  Q  I  Q  G  Y  Z  I  M  D  M  V  O  G  L  K  C  X  J  C  C  I
A  T  R  N  Z  X  M  I  I  W  Q  N  A  N  N  M  A  H  O  N  E  Y
```

AnnMahoney	MandiChristineKerr
JordanWoodsRobinson	DavidMarshallSilverman
KatelynNacon	TedHuckabee
DahliaLegault	BenedictSamuel

Find the Actor

```
H  M  E  R  R  I  T  T  W  E  V  E  R  U  D  Y  V  G  L  V
R  T  C  H  R  I  S  T  O  P  H  E  R  B  E  R  R  Y  R  O
Q  H  Y  I  V  G  E  U  Y  O  N  L  M  X  R  P  Y  V  F  T
I  E  S  X  U  J  L  J  I  M  M  Y  G  O  N  Z  A  L  E  S
S  U  I  N  A  G  I  O  U  J  P  Z  S  G  O  E  N  T  J  R
Q  U  F  M  N  H  M  W  G  K  D  W  D  W  R  A  G  Z  Y  J
K  U  Z  T  X  S  N  X  Y  K  J  C  L  E  M  K  Z  M  T  A
W  M  E  P  D  D  I  Y  S  W  Y  F  N  T  R  S  S  V  F  Y
K  P  Z  V  K  I  T  E  E  C  N  E  I  N  I  V  I  U  C  H
U  V  C  H  G  F  S  C  W  R  E  E  O  X  U  H  Q  A  M  U
D  G  I  J  I  D  U  Q  T  K  L  E  A  K  M  O  J  G  A  G
R  M  L  S  F  E  J  W  H  K  H  L  O  P  K  Y  T  L  G  U
D  F  B  W  U  H  Y  T  N  I  U  G  X  C  G  D  A  I  R  L
H  P  G  W  D  U  E  A  X  V  H  P  W  I  G  A  W  E  Q  E
S  U  P  U  I  B  H  D  M  R  X  S  C  M  H  X  A  J  M  Y
Z  O  C  B  S  T  U  A  R  T  G  R  E  E  R  W  R  F  G  X
G  F  J  L  A  Q  C  A  I  Z  O  D  G  S  S  I  F  K  W  C
X  F  X  N  V  U  Q  I  Y  H  O  B  I  K  G  I  G  E  E  Q
W  T  O  P  N  R  W  X  Z  M  J  B  G  F  E  X  J  H  D  A
I  J  O  R  O  C  Z  E  H  M  W  S  Z  U  K  W  G  U  C  U
```

MerrittWever   JonathanKleitman
JayHuguley   ChristopherBerry
BethKeener   JimmyGonzales
JustinMiles   StuartGreer

Find the Actor

```
J  X  W  Z  D  H  I  S  Y  L  M  Y  W  D  X  U  P  Z  U  A
Z  Q  W  Z  M  P  N  E  E  R  G  C  I  R  N  E  K  X  I  N
R  P  S  U  B  L  X  X  C  R  N  L  V  Y  Y  K  K  C  X  O
X  Z  A  K  M  F  C  N  U  H  Q  G  G  O  N  E  V  E  T  S
X  Q  S  D  E  W  O  L  D  U  L  H  T  E  B  A  Z  I  L  E
A  T  S  I  L  E  G  N  A  V  E  E  N  I  T  S  I  R  H  C
B  B  H  K  S  G  B  Y  G  G  N  W  I  R  G  C  N  Y  A  F
Y  L  T  R  Q  J  E  R  E  M  Y  P  A  L  K  O  K  R  N  W
G  S  K  Y  Q  Y  F  J  R  U  L  L  M  M  L  H  F  Q  N  N
W  G  S  T  H  W  J  R  X  Z  M  Q  S  F  W  X  K  L  R  D
F  M  K  H  A  R  Y  P  A  Y  T  O  N  T  Q  D  Q  Q  O  D
Q  X  P  Y  Y  G  I  S  S  E  I  O  P  T  R  U  J  T  Z  D
V  Y  H  O  V  O  Y  D  S  O  Z  L  N  K  E  I  R  X  L  N
E  M  R  V  N  A  J  W  T  B  Z  V  C  Q  L  H  H  K  D  X
Y  I  E  X  P  C  O  R  E  Y  H  A  W  K  I  N  S  Z  U  W
F  C  L  I  X  U  R  E  K  O  L  C  A  S  S  E  N  A  V  E
P  A  V  U  B  X  U  U  I  R  Q  M  Q  M  M  E  A  J  J  H
G  U  D  R  Q  M  U  U  Z  Q  J  S  O  Y  W  U  T  I  H  S
T  Z  M  A  I  X  U  I  P  R  E  S  U  I  O  R  Y  M  E  H
J  A  M  J  F  J  F  F  N  V  E  W  V  H  F  Q  S  B  U  E
```

JeremyPalko	ChristineEvangelista
CoreyHawkins	StevenOgg
KenricGreen	KharyPayton
VanessaCloke	ElizabethLudlow

Find the Actor

```
B  L  J  X  U  S  D  E  B  O  R  A  H  M  A  Y  S  X  F  A
I  A  X  L  C  C  Z  X  A  W  L  C  A  O  O  Y  C  F  V  F
R  O  M  U  U  X  K  S  K  C  I  C  J  Q  A  O  K  W  R  Y
R  B  K  B  J  W  H  L  T  P  A  I  C  D  O  A  I  S  V  H
K  E  W  L  V  Q  Y  H  E  S  B  M  V  P  D  R  W  N  B  K
V  G  T  C  E  A  M  Q  A  D  P  P  E  T  Z  N  P  J  I  R
T  E  D  S  E  N  N  A  L  N  T  R  M  V  E  C  U  O  V  I
A  K  O  Y  I  L  Y  C  U  H  A  C  B  N  P  K  C  Q  W  I
K  U  D  H  U  G  J  U  H  N  L  A  I  V  P  E  F  C  J  L
K  Q  M  N  J  X  E  S  D  C  K  K  I  R  K  A  B  Y  H  L
W  N  C  W  A  F  J  R  B  Q  A  N  M  W  G  P  E  T  L  I
Q  C  P  V  R  L  E  K  Y  M  G  P  P  R  U  N  I  X  W  H
W  L  V  W  T  W  K  F  L  E  W  B  S  F  J  I  N  J  L  A
R  Q  X  L  S  R  X  R  S  S  L  W  Q  V  W  K  O  L  J  C
J  D  W  B  M  Q  A  S  I  R  E  S  Y  S  R  V  B  H  D  Y
F  A  I  V  I  K  Q  D  Y  K  D  C  D  C  H  G  H  U  C  R
V  I  D  B  L  V  T  C  M  I  I  Y  D  N  R  K  B  G  G  R
S  Y  D  N  E  Y  P  A  R  K  O  M  B  D  I  J  S  V  P  E
R  R  N  A  Z  F  V  D  Q  O  U  P  I  Q  T  L  X  Q  J  K
D  W  R  E  L  L  I  M  N  A  G  O  L  M  C  D  F  F  H  E
```

LindsleyRegister	KarlMakinen
LoganMiller	SydneyPark
CooperAndrews	DeborahMay
KerryCahill	MimiKirkland

Find the Actor

```
M  T  T  G  S  P  N  Q  Y  S  H  Y  M  M  W  J  M  D  R  H
R  D  R  D  G  N  F  H  F  Q  A  D  E  Z  K  N  R  L  U  S
E  A  U  Q  A  Q  L  Z  X  H  L  J  A  L  P  H  W  G  H  O
Y  O  O  K  U  R  M  W  N  O  B  J  E  P  U  A  H  Q  L  T
Z  Q  F  D  G  C  F  U  I  D  D  X  O  S  P  U  A  E  L  N
B  K  U  T  A  K  Z  A  C  P  V  B  J  D  S  C  M  G  J  I
R  X  D  B  Z  F  G  I  O  C  I  I  K  N  I  A  F  P  H  C
I  C  E  D  W  R  Q  P  L  J  H  I  B  J  U  S  N  U  L  M
A  W  L  I  W  A  B  K  E  S  U  W  G  T  D  V  Q  Q  H  A
N  B  O  A  O  A  B  I  B  C  D  I  Q  C  J  P  Z  A  L  N
A  X  C  Z  G  U  E  D  A  K  Y  L  N  K  M  F  P  X  G  N
V  S  I  J  V  T  R  M  R  T  Y  T  T  Y  W  K  S  E  Y  A
E  P  N  I  B  U  X  C  R  C  A  F  X  E  H  F  U  D  I  Y
N  V  E  G  Y  M  R  Z  E  K  X  S  H  O  Y  W  Q  X  D  L
S  M  S  D  V  N  D  P  N  I  I  H  D  Q  P  L  S  S  T  L
K  Z  Y  S  E  D  R  F  R  T  R  Z  K  H  N  R  L  E  U  O
U  H  L  N  P  I  D  E  S  P  X  T  I  D  G  F  I  Y  U  P
S  T  E  E  J  A  I  O  M  L  E  U  E  K  M  D  X  R  D  Q
O  R  C  C  H  L  O  E  A  K  T  A  S  T  K  L  J  R  L  Z
B  N  A  Y  H  T  G  T  C  C  K  E  I  V  I  C  Q  U  V  C
```

AutumnDial   PollyannaMcIntosh
ChloeAktas   BrianaVenskus
ElyseNicoleDuFour   NicoleBarre

```
Z  T  S  O  V  H  D  F  A  O  S  A  X  A  L  G  M  J  A  R
E  J  D  D  W  Z  E  N  S  H  O  K  S  R  Z  F  M  F  J  M
B  G  L  E  H  R  A  L  V  C  G  N  I  Y  R  Y  E  W  H  B
C  X  U  M  T  R  D  S  D  W  A  Q  H  N  I  X  G  P  Z  B
F  Z  R  D  B  C  H  Z  E  L  A  H  V  U  B  O  K  D  P  T
G  R  K  D  E  L  E  O  Y  Q  L  T  F  D  Y  A  Y  U  L  L
M  Y  E  M  X  A  A  F  L  O  A  T  E  R  S  H  G  W  A  S
E  G  R  V  R  I  D  M  N  C  E  K  R  U  E  K  N  S  S  A
W  B  S  I  X  O  S  O  E  I  B  O  I  R  Y  J  K  R  L  P
A  Y  U  M  Z  I  C  M  N  B  S  N  H  G  P  M  R  E  J  K
L  W  L  W  A  V  C  D  U  E  R  R  G  G  J  J  B  A  V  R
K  B  N  S  Y  I  Y  J  V  A  S  A  E  M  G  P  C  L  U  I
E  V  H  K  J  I  W  P  I  W  L  Y  I  T  V  T  N  N  I  E
R  S  E  I  D  O  B  D  L  O  C  U  A  N  I  R  W  A  O  B
S  R  G  N  I  W  T  M  V  D  X  B  T  G  S  B  K  M  G  M
I  E  X  E  C  R  E  E  P  E  R  P  N  W  S  N  G  E  J  C
L  M  Z  A  E  L  C  I  D  Z  S  M  Z  I  E  Y  H  S  E  D
D  A  A  T  Q  K  B  U  Y  O  M  Z  S  R  E  T  T  O  R  V
Z  O  A  E  R  J  U  L  R  J  Q  S  A  Q  K  R  Y  D  Q  N
E  R  O  R  V  P  T  M  B  Z  N  M  M  O  N  S  T  E  R  S
```

Biters	Montsters
Coldbodies	Roamers
Creeper	Rotters
Deadones	Skineater
Floaters	WALKERS
Geek	Skinbags
Lamebrains	Infected
Lurkers	Realnames

About Rick Grimmes

```
Q  P  I  E  F  F  W  A  Y  C  O  K  J  I  T  B  A  X  A  Q
Z  P  V  G  H  Q  M  Z  D  U  E  D  J  H  K  X  K  W  M  H
B  H  B  M  T  W  W  U  L  O  H  Z  K  C  O  B  L  N  B  Y
F  V  W  K  S  Q  W  C  P  E  S  U  L  Y  T  N  U  J  I  F
X  B  R  O  T  H  E  R  H  O  O  D  M  P  V  B  B  D  D  A
D  C  A  N  D  J  S  X  S  X  J  W  O  A  Y  L  J  G  E  M
C  S  N  Y  Z  S  Y  R  Q  Y  V  X  B  C  N  Q  V  P  X  I
S  R  W  S  N  O  I  T  S  E  U  Q  E  H  T  I  I  A  T  L
P  T  S  V  M  P  W  D  A  U  V  T  H  T  N  H  T  Z  R  Y
P  W  C  D  W  B  T  V  X  T  C  U  X  L  S  J  E  Y  O  R
K  P  K  T  C  A  B  H  R  O  C  F  U  R  H  L  T  J  U  W
Z  Z  I  M  L  F  P  V  Y  Y  P  E  O  M  B  L  S  F  S  A
T  T  T  J  W  V  L  D  T  I  U  T  T  Y  C  I  F  P  E  V
V  W  X  J  S  C  Y  I  Z  V  A  J  Y  O  U  I  C  N  R  V
U  H  Z  C  O  L  T  P  Y  T  H  O  N  A  R  B  O  M  N  K
Q  Z  L  P  E  Z  M  V  K  M  J  W  S  E  B  P  A  G  N  H
U  _V  K  W  N  P  W  C  E  Q  I  Y  H  V  S  B  T  S  Q  B
H  B  K  B  N  X  I  A  N  T  E  S  O  S  Y  L  Y  C  C  P
A  I  W  B  C  R  U  O  Z  H  L  Q  J  F  Z  C  I  T  U  X
J  R  S  R  D  I  Z  E  L  G  X  V  O  N  K  O  K  L  G  M
```

Coltpython
Thequestions
Family
Brotherhood
Ricktatorship

Ambidextrous
Humanity
Protect
Sheriff

Most Gruesome Deaths

```
H  H  F  U  Q  O  Z  N  G  T  U  H  E  Y  O  I  Z  S  C  N
G  E  Y  B  V  A  S  N  H  K  R  A  L  Z  D  V  T  N  Q  Y
H  S  K  W  Z  I  E  W  T  A  N  O  W  Z  I  A  X  E  L  Y
U  L  M  K  J  E  S  K  A  R  T  N  B  H  U  H  O  D  Q  X
R  N  G  K  N  N  A  K  V  E  S  C  M  K  E  T  H  I  G  A
E  A  K  C  P  S  L  C  R  N  A  V  X  Y  C  R  Y  A  K  Q
J  Y  R  I  P  N  D  H  O  &  D  Y  L  G  D  V  S  I  Q  V
L  E  S  R  K  K  S  N  H  D  Q  S  B  G  M  U  V  H  J  W
C  J  I  T  F  C  N  Z  E  A  L  T  M  C  J  A  J  P  E  H
M  M  V  A  M  J  E  C  L  V  P  U  I  Z  Z  I  G  O  H  L
G  D  N  P  I  U  E  U  A  I  S  Y  Z  U  P  D  Q  S  X  L
P  L  D  E  K  H  P  P  D  D  L  V  L  M  C  D  W  H  F  X
S  T  W  B  A  K  Y  G  Q  N  Y  K  I  R  O  Z  P  M  P  W
X  K  C  O  S  L  E  U  M  A  S  E  I  Z  Z  I  L  X  F  K
M  G  O  S  A  B  R  F  E  Z  T  K  P  I  A  Q  W  Y  H  F
U  T  J  R  M  P  C  B  V  O  R  B  J  T  B  C  A  P  D  C
X  G  D  L  U  N  R  D  I  M  J  E  X  V  W  C  J  P  J  N
C  O  F  P  E  Q  I  W  W  A  G  T  A  B  V  N  R  R  E  A
R  H  P  Z  L  W  A  P  D  D  Q  H  M  A  E  N  I  A  Q  G
X  E  R  H  S  I  A  E  J  U  R  U  M  X  K  T  V  T  M  X
```

Noah	Joe
Aiden	Dalehorvath
Hershel	Sophia
LIzzieSamuels	Karen&David
MikaSamuels	Patrick
Beth	Axel

Most Gruesome Deaths

```
F  L  V  X  X  P  Z  G  S  B  D  L  Z  O  C  C  M  A  Y  H
F  D  D  E  T  C  G  C  A  A  F  E  A  B  H  D  G  A  K  D
Y  Q  C  C  S  O  W  C  M  T  M  S  T  Q  V  P  Y  Y  A  G
D  D  C  Z  D  R  Q  Y  J  U  W  E  F  H  G  S  E  B  S  R
H  L  E  T  N  A  O  W  E  T  H  E  G  L  M  V  O  T  Y  M
R  U  E  P  L  T  Y  H  S  S  U  R  G  A  V  U  C  N  X  D
Q  D  T  U  G  R  U  Y  S  I  I  Y  Y  Q  N  J  W  B  N  T
S  V  A  L  H  W  C  D  I  K  A  T  Q  O  K  J  J  G  Z  A
Y  P  W  H  I  A  I  V  E  B  C  B  O  S  J  T  L  E  P  B
F  K  F  T  R  I  Q  P  R  M  Q  I  A  H  N  E  N  R  Q  I
R  Y  B  O  J  N  F  A  O  G  U  R  R  B  N  I  V  T  H  T
A  O  X  E  T  D  H  S  N  Y  C  L  S  N  T  Z  O  B  M  H
V  O  K  M  O  A  U  B  Q  I  O  H  D  R  J  T  I  S  V  A
F  G  U  C  M  E  K  K  H  A  O  E  A  F  M  A  M  U  J  F
B  H  E  X  U  Y  L  R  N  F  N  M  R  E  O  K  A  H  C  H
I  J  I  O  D  Y  K  B  P  I  V  W  F  X  L  T  M  A  J  M
L  C  A  Z  T  O  A  F  S  S  H  J  K  D  Q  Z  S  J  Q  F
P  F  L  Y  D  O  V  E  O  A  N  C  E  D  P  C  D  D  R  V
U  V  W  I  D  P  G  N  X  R  W  L  T  H  Y  T  Y  T  W  A
O  R  D  T  T  E  M  Z  G  H  C  Y  I  X  D  P  X  P  W  N
```

Glenn	Tyreese
Abraham	Denise
Tdog	Martinez
Rickshorse	Paula
Otis	Amy
SamJessieRon	Tabitha
	Megan

Amazing Carol Moments

```
H L C Q K G L J E W W Y X H A M M U D H
C K W E T T C Y R S N E F E P H Y G N Z
E D B Y E A N N U Y G T G S Q P I L Y L
Y K U M R A W X N S S D R R T E C O A K
D W P Y M D O X E W P D Q E L A V R B R
I X T Y I J D M R P O Y S W A O A A D R
C O U Y N A T U D R O V U O F G A C K I
O . L L U N I J L J K F R L G T C T O B
O E Q G S G T B I G I A R F Y E Z N G Y
K S D V R S U O H Y E I C E N L W E C K
I E A F E W H Q C P I X L H I G E G A T
E Y D E S M S C E H O F U T C N F A A L
M E E A C Z J B H O A E A T A I W C S A
O X D A U N X L T Y R Q L A V T T B V D
N O A U E I U K M I J G H K W T B I K L
S K E R Z F I V R E Y E K O D E K S J A
T Y D Q R Z H Y A S O R M O U G K A F V
E S O R E E K O R E H C N L G V Y D D R
R I F I N D I N G S O P H I A X Z I X E
N L B O L V S F T M Q T N O B P R Y F J
```

Pookie
Armthechildren
deaded
gettingletgo
cherokeerose
terminusrescue

findingsophia
agentcarol
cookiemonster
lookattheflowers
shutitdown

```
D  Z  Y  Q  O  D  Z  G  T  H  H  D  U  F  F  Y  I  Q  K  G
V  J  E  L  O  N  E  O  F  T  H  E  F  A  M  M  F  N  N  M
V  M  N  P  Y  T  R  P  B  N  O  R  C  M  X  M  S  I  E  U
B  Q  U  S  S  L  Z  I  G  K  D  T  D  X  A  S  R  W  C  P
L  O  G  J  S  A  Q  Z  B  V  O  Y  V  D  K  S  E  I  X  I
U  Y  Q  T  N  H  X  Z  A  N  V  E  J  E  I  O  K  O  H  Z
J  E  W  E  H  Q  N  A  F  M  B  W  B  H  I  N  L  T  M  F
S  K  R  N  G  L  O  B  I  T  Z  I  T  Y  Y  S  A  Z  Q  A
Z  E  T  B  C  B  M  O  O  B  T  H  P  G  T  R  W  C  N  S
Z  Z  G  V  Z  D  K  Y  Z  H  T  Q  F  E  P  E  R  E  K  V
S  A  J  A  A  H  X  V  D  I  J  K  P  C  J  D  E  Y  N  W
K  T  X  X  Z  Q  K  R  W  Z  O  P  Y  J  N  X  T  J  A  T
U  J  A  J  F  A  R  M  J  T  I  F  Z  P  T  X  S  L  T  D
Z  Q  A  P  I  G  L  Y  L  N  J  F  S  B  V  S  P  A  E  F
N  P  K  U  I  W  Z  P  G  X  V  I  Q  X  S  I  M  P  H  A
B  O  K  Y  K  X  B  U  R  K  Q  B  R  X  L  L  U  T  T  U
V  M  F  L  K  P  P  V  N  I  T  A  K  Q  D  R  D  G  B  P
C  A  K  T  H  E  E  S  C  A  P  E  A  R  T  I  S  T  D  G
K  J  J  A  B  A  G  Q  D  V  D  Q  G  L  V  G  Q  M  E  B
M  J  M  Q  S  D  J  F  W  B  T  J  M  H  K  R  W  I  P  W
```

Theescapeartist	Withthisring
Oneofthefam	Dumpsterwalkers
Pizzaboy	Thetank
Steppingup	

```
G  O  N  Q  P  Y  Z  Z  N  N  A  N  T  K  D  Q  N  T  W  Z
V  H  Y  G  G  P  C  J  E  L  R  E  M  G  N  I  L  L  I  K
Q  H  I  U  P  U  F  F  U  T  S  W  O  L  B  G  A  V  J  Q
P  H  V  F  Y  C  D  S  O  K  L  R  S  D  V  J  P  C  W  B
S  O  Q  N  G  K  E  G  Y  N  N  Z  C  R  I  O  K  G  G  S
X  L  O  H  K  D  O  C  B  E  U  A  Q  F  K  P  I  T  V  U
K  D  C  E  A  S  W  K  A  G  Z  D  T  R  W  R  L  B  Q  E
J  I  G  J  J  J  I  U  J  R  I  A  J  E  V  T  G  X  V  I
Z  N  Y  Y  O  Y  P  Q  M  W  R  R  Q  Z  H  I  I  M  N  B
P  G  R  R  O  D  T  U  D  R  R  Y  M  D  H  T  U  Y  C  V
I  J  A  H  I  C  C  A  O  Y  O  L  I  X  P  O  W  V  J  Y
U  U  D  P  S  U  H  K  E  C  J  A  T  N  V  D  O  O  T  Q
I  D  J  B  P  T  X  M  J  V  W  N  N  W  G  J  G  B  L  B
P  I  J  S  L  O  O  K  I  U  R  D  G  N  F  C  K  O  N  B
A  T  Z  I  Z  S  G  D  G  M  I  B  A  J  H  I  A  L  V  O
H  H  Q  O  W  T  X  A  N  B  X  E  Q  O  Y  R  I  R  W  V
P  J  I  G  F  R  L  U  Y  N  S  T  L  P  G  M  B  E  O  Z
Q  H  T  U  A  O  D  C  X  U  W  H  I  F  U  F  H  O  V  L
U  T  T  L  L  I  K  K  N  U  R  T  S  L  Y  R  A  D  T  D
Q  T  B  F  Z  D  C  D  W  U  R  B  U  H  Z  P  M  R  E  N
```

Killingmerle
Blowthetank
Holdingjudith
Darylandbeth

Darylstrunkkill
Carryingcarol
Blowstuffup

```
R  Y  V  R  F  V  T  B  H  M  D  T  I  A  W  U  A  P  Y  B  H
G  Y  E  C  I  S  H  V  Q  Y  T  Z  M  J  E  P  T  O  J  D  H
U  N  W  J  M  9  E  R  I  F  D  L  I  W  C  M  E  M  B  B  T
N  G  H  T  Y  1  J  X  S  D  A  Y  S  G  O  N  E  B  Y  E  Q
R  K  N  A  R  S  O  Z  K  H  R  R  T  C  N  E  J  C  L  U  V
J  T  O  X  Y  T  U  H  E  W  G  N  U  H  X  C  F  L  R  J  F
E  A  V  Z  U  G  R  W  N  S  H  T  G  P  V  R  I  M  Z  U  H
S  D  E  C  X  J  N  O  M  G  S  M  V  X  A  T  Q  B  F  W  K
N  C  J  J  C  Z  E  S  F  H  H  Y  V  N  T  K  J  B  I  L  X
H  X  V  Z  K  K  Y  U  B  M  B  Y  F  O  O  E  Z  H  R  Y  C
I  P  T  J  G  F  S  O  O  S  G  E  T  W  S  G  N  Y  P  I  E
V  B  Q  K  G  K  O  A  X  B  X  H  I  Q  X  J  M  I  I  V  H
M  T  Q  C  L  R  F  L  G  X  E  J  G  Z  G  S  D  U  E  Z  F
J  S  U  P  U  J  A  B  S  F  L  R  B  P  K  K  R  W  T  F  C
P  T  A  G  P  A  R  B  R  A  J  J  M  R  I  L  F  I  Z  A  T
K  I  U  S  H  Y  O  O  G  Q  A  Q  U  D  F  C  H  T  M  X  Q
K  M  M  G  X  O  G  W  P  C  E  H  X  P  H  Q  O  R  Q  T  J
W  R  J  U  S  S  I  I  M  B  O  M  S  M  L  F  K  X  J  Y  M
Q  J  W  Q  M  F  S  C  K  Z  R  X  T  I  F  D  J  H  U  X  Q
R  U  I  B  C  M  X  Z  E  B  K  I  F  K  F  E  V  O  L  Z  C
M  F  O  E  M  E  X  X  J  M  J  M  Q  E  B  V  Q  Y  S  A  V
```

DaysGoneBye   Vatos
Guts   Wildfire
TellIttotheFrogs   TS19
                   TheJourneySoFar

```
C  Z  S  C  Y  P  A  Q  Q  E  A  M  T  S  H  L  E  J  Z  E  F
N  H  W  A  V  H  C  L  S  O  M  O  Z  L  W  C  D  Z  S  M  E
I  G  U  R  V  Z  G  D  T  C  Z  V  G  C  W  A  J  O  U  B  L
R  G  Q  P  I  E  N  K  E  T  A  S  L  W  E  F  R  Z  D  S  V
V  Y  N  A  A  Z  T  T  R  D  M  V  B  H  Q  E  K  V  F  I  T
Q  B  H  I  S  C  U  H  C  R  F  J  A  B  E  P  J  L  B  C  Z
O  D  I  Q  T  T  A  C  E  V  W  S  V  K  V  X  D  R  N  B  K
X  P  N  L  G  T  K  B  S  L  E  W  O  X  P  I  P  X  G  Y  P
Q  M  U  T  Y  G  E  S  R  I  A  R  R  A  Z  F  S  Z  O  T  N
N  P  R  D  J  N  U  L  L  A  E  S  F  N  F  J  Q  G  R  P  X
W  G  V  B  K  L  T  T  D  H  O  S  T  N  W  M  W  T  G  K  W
V  W  M  L  A  A  A  D  C  O  H  Q  Z  O  R  T  C  B  P  H  P
F  O  C  X  C  H  R  P  R  V  O  G  Y  R  N  K  P  K  I  C  R
Y  H  R  E  W  J  C  M  Z  S  G  L  P  P  S  E  Z  M  U  J  G
C  C  C  I  Z  F  K  W  Y  L  O  K  B  D  F  T  G  D  S  R  O
S  Q  C  T  A  P  G  B  P  M  W  A  O  H  D  X  C  L  E  Q  U
P  R  E  T  T  Y  M  U  C  H  D  E  A  D  A  L  R  E  A  D  Y
H  M  C  O  I  P  I  V  L  Y  R  K  J  I  I  R  D  J  N  R  K
X  D  Y  A  R  E  F  D  Y  R  Y  N  X  D  R  O  U  M  K  Y  P
F  L  O  P  F  Y  X  Y  G  L  F  P  U  T  H  V  T  T  Z  O  U
I  A  W  K  K  Z  N  G  B  Z  G  V  I  R  V  U  Z  T  S  V  W
```

WhatLiesAhead

Bloodletting

SavetheLastOne

CherokeeRose

Chupacabra

Secrets

PrettyMuchDeadAlready

```
S  M  U  V  F  Q  L  R  T  U  G  Z  I  A  H  Z  J  K  B  V
P  L  Z  1  K  A  I  B  C  O  Y  S  Y  F  H  K  U  M  T  K
T  W  B  O  8  V  E  P  W  S  L  W  B  K  Q  K  D  A  R  Z
O  F  T  O  B  M  R  G  J  Z  M  S  E  R  K  R  G  L  Y  O
N  Q  I  H  E  E  I  L  O  L  T  M  T  O  U  S  E  Q  L  D
T  U  W  A  T  H  F  L  W  Y  N  S  O  S  Q  Z  J  C  Z  L
R  Y  C  Z  T  X  G  X  E  A  S  H  X  V  F  K  U  S  Y  B
I  C  A  D  E  W  N  O  J  S  C  C  F  I  V  I  R  R  C  C
G  H  Z  O  R  G  I  S  W  T  O  Z  W  P  Y  N  Y  O  K  N
G  O  I  I  A  K  Y  Z  I  K  J  U  H  Q  F  N  E  J  R  Y
E  M  U  M  N  Y  D  U  U  L  J  G  T  X  C  U  X  B  O  R
R  V  H  S  G  D  E  W  Z  D  G  Y  J  J  B  S  E  Q  E  S
F  V  P  K  E  Q  H  O  O  C  S  P  B  U  S  M  C  I  U  R
I  L  P  R  L  C  T  U  A  T  Y  I  I  U  X  C  U  O  K  C
N  V  M  A  S  E  E  M  M  X  W  C  I  W  Z  I  T  W  N  D
G  Q  L  T  P  W  D  Y  O  J  D  J  M  P  I  Z  I  L  Z  P
E  Y  J  F  N  J  I  L  D  P  V  X  C  U  G  W  O  R  N  R
R  N  F  N  I  Q  S  B  I  H  M  U  U  B  B  N  N  E  D  G
T  I  E  J  V  N  E  B  R  A  S  K  A  F  G  G  E  N  V  V
M  R  C  S  R  W  B  U  D  R  N  Z  X  I  S  R  R  R  Q  N
```

Nebraska
Triggerfinger
18MilesOut
JudgeJuryExecutioner
BetterAngels
BesidetheDyingFire

```
I  E  N  E  U  R  H  M  E  U  B  Q  T  W  R  Z  J  A  B  W  D  M  R
C  P  W  V  S  K  Y  K  N  R  K  I  D  Y  X  A  D  Q  A  H  J  M  R
K  N  J  R  S  O  T  C  I  R  E  L  Y  R  R  Z  I  U  G  P  E  J  V
T  I  I  Q  B  E  K  T  E  L  Y  F  S  M  O  U  L  N  K  N  N  V  V
X  T  B  T  S  I  Q  P  D  W  L  J  F  R  F  W  G  R  K  I  Z  X  H
N  N  H  B  R  B  F  B  W  E  O  E  D  U  S  E  E  D  F  D  D  V  J
P  R  O  U  Q  L  C  F  L  W  B  Z  R  S  S  N  W  H  I  I  O  I  W
F  K  E  L  E  W  C  A  M  M  W  J  D  W  C  O  Y  P  T  G  X  I  U
K  N  G  U  J  A  H  O  C  H  D  H  G  E  I  Q  T  B  U  Y  C  Z  D
B  I  L  C  N  G  U  S  S  S  P  W  H  S  D  T  T  E  V  Y  A  U  D
C  V  E  A  E  Z  H  Y  Q  S  L  A  L  O  P  N  H  X  D  A  W  S  W
I  M  U  Q  T  I  Y  P  Y  M  H  J  Z  I  J  P  U  I  S  A  G  L  V
V  I  G  R  H  U  M  X  S  E  M  Q  Q  U  E  N  C  O  N  E  M  W  A
Y  Z  L  Z  W  Q  V  E  F  M  P  T  A  W  Y  F  L  R  H  I  L  A  G
G  N  I  K  C  O  N  K  E  M  O  C  D  A  E  D  E  H  T  N  E  H  W
K  Y  O  H  Q  V  O  T  D  A  Q  Z  I  K  A  T  B  D  O  C  F  U  K
K  W  Q  M  K  L  A  K  F  I  I  I  K  C  N  Y  M  Y  I  W  J  E  S
W  P  I  N  Z  R  Z  I  I  E  K  Y  M  Z  Y  Y  H  R  M  Z  I  V  R
V  R  J  N  D  B  I  W  I  F  Y  C  W  A  L  K  W  I  T  H  M  E  T
U  V  R  Y  Z  N  G  Y  M  V  O  E  I  A  B  I  K  H  Z  W  F  T  J
U  I  M  V  P  T  Q  N  B  R  L  J  I  S  X  J  P  S  L  P  T  C  N
A  Q  Y  F  P  T  O  G  T  F  E  T  W  Q  Y  S  I  G  S  I  D  Y  S
V  Q  H  Z  C  H  U  U  T  X  A  E  Q  L  D  R  J  T  A  E  L  U  F
```

Seed

Sick

WalkwithMe

KillerWithin

MadetoSuffer

SaytheWord

Hounded

WhentheDeadCome-
Knocking

```
G  N  I  K  E  D  I  C  I  U  S  E  H  T  R  C  T  S  V  A
W  U  V  B  U  T  Z  M  J  G  Y  E  R  P  D  X  H  I  U  T
G  A  G  E  R  H  T  G  I  N  E  L  C  E  D  N  B  K  C  S
A  I  S  B  T  I  S  V  I  O  W  L  G  K  K  N  S  G  I  O
W  K  Y  B  B  S  B  Q  S  K  G  Z  D  Z  C  K  B  G  X  P
J  V  G  V  M  S  U  U  N  A  W  F  Y  F  V  H  N  Z  V  R
A  U  M  U  W  O  W  T  S  X  D  T  Z  J  E  U  I  K  Y  O
A  P  P  N  R  R  T  G  V  A  D  U  V  Y  J  U  W  E  N  O
C  A  Z  E  C  R  B  E  M  O  H  D  J  J  C  R  X  S  Z  D
N  B  D  V  I  O  D  I  H  I  E  D  N  A  A  P  L  B  B  E
J  X  D  H  K  W  W  J  E  T  Q  R  I  I  T  E  O  B  F  H
R  P  B  M  J  F  H  D  I  S  O  X  U  T  X  N  J  E  W  T
M  E  Z  T  S  U  R  T  B  Z  P  T  D  Y  X  U  I  Z  J  N
K  Z  S  M  B  L  X  P  O  U  Z  J  E  X  G  J  N  A  Q  O
B  Z  O  A  A  L  E  V  B  C  F  Z  V  M  T  X  G  O  I  W
G  W  J  A  F  I  N  S  I  I  J  Y  I  V  O  N  V  O  E  O
Q  X  M  P  U  F  Z  H  X  D  V  H  V  R  F  C  O  S  P  R
J  Z  M  Z  I  E  O  L  J  G  A  Q  P  U  S  S  L  R  B  R
C  D  D  I  B  F  R  D  U  R  G  C  D  G  X  F  W  E  A  A
W  L  N  B  V  W  U  T  H  Y  R  A  E  L  C  U  Z  M  W  A
```

TheSuicideKing   ArrowontheDoorpost
Home   Prey
IAintaJudas   ThisSorrowfulLife
Clear   WelcometotheTombs

```
E  R  D  X  R  T  G  B  K  P  T  G  X  P  Z  I  S  F  K  C  B  W  B
J  D  Z  N  B  N  A  E  F  W  C  L  X  V  E  Z  X  Y  M  O  K  H  W
X  Z  H  U  Y  E  L  A  T  Z  T  Z  A  M  I  C  U  G  Y  E  X  J  P
H  Z  U  W  I  D  T  E  X  K  K  T  O  X  V  U  O  E  L  A  T  Q  D
A  V  V  T  F  I  Z  R  V  H  N  F  N  W  F  C  T  N  G  J  Y  R  E
N  D  S  C  J  C  N  B  V  J  F  R  D  X  H  K  I  I  W  F  K  X  Z
L  N  O  V  C  C  S  O  W  Z  L  T  N  C  N  X  S  O  C  H  D  U  I
A  R  O  Z  B  A  J  O  K  W  C  H  M  P  V  A  O  F  T  E  W  K  C
G  S  V  Z  I  N  T  E  R  N  M  E  N  T  F  I  L  K  P  X  V  D  L
E  Q  V  N  Z  A  C  Y  F  I  P  N  R  R  E  L  A  S  O  P  V  Y  L
S  B  Z  E  T  T  N  J  G  H  X  J  A  G  L  K  T  H  I  T  N  C  L
D  S  E  J  T  U  E  X  O  L  A  B  G  U  I  G  I  S  U  R  G  D  E
A  G  A  R  O  O  X  B  Q  D  V  Z  E  N  Y  L  O  Z  S  X  S  Q  M
D  I  Z  U  O  H  T  M  S  P  E  R  E  Q  X  A  N  U  B  T  E  S  H
A  F  P  I  F  T  L  I  V  E  B  A  I  T  W  E  S  E  X  T  K  A  D
R  Z  J  M  A  I  V  O  B  L  C  H  D  I  R  R  Q  J  A  G  M  J  E
M  F  C  P  R  W  Y  Q  A  R  B  D  G  W  D  J  D  G  A  H  K  B  T
Q  A  U  C  G  S  X  W  O  R  P  K  M  Y  E  S  H  C  S  E  B  N  C
O  O  E  Y  O  Y  W  O  D  W  T  L  H  W  H  I  Q  Y  E  V  F  T  E
W  I  F  U  N  A  Y  I  Z  C  H  N  Q  Y  Q  M  G  X  G  Z  G  U  F
W  U  K  X  E  D  P  C  J  G  N  D  L  N  U  G  X  H  K  A  S  M  N
W  O  Z  C  J  0  B  D  C  L  K  C  D  A  V  I  L  G  T  E  L  B  I
F  U  F  U  P  3  R  Z  O  P  O  O  D  F  I  Q  P  Q  Q  K  L  Y  P
```

30Dayswithoutanaccident   Internment
Infected   LiveBait
Isolation   DeadWeight
                              TooFarGone

Through the Seasons S4

```
P  J  A  Q  R  L  L  N  "  H  D  R  A  U  J  J  F  U  B  O
R  H  X  P  W  H  Q  U  L  Q  E  L  E  M  C  O  A  R  O  O
H  Y  G  D  I  I  S  K  L  T  E  P  K  R  S  A  J  B  P  D
F  F  B  H  K  "  Y  K  O  V  E  H  T  R  U  K  P  E  X  W
B  W  J  Q  M  N  W  J  O  E  K  R  D  N  E  Z  J  C  S  F
N  P  S  F  U  Y  C  R  Y  X  B  W  P  W  K  U  L  M  D  S
O  P  U  N  R  H  G  U  Z  Z  Q  S  I  N  M  A  T  E  S  R
E  C  N  E  R  E  F  F  I  D  N  I  M  L  I  H  E  R  Y  U
L  J  T  Q  H  L  R  B  J  Y  C  M  Y  M  X  V  R  M  G  K
U  F  R  T  C  I  C  V  X  T  D  Z  E  L  T  U  A  Y  O  J
A  P  N  I  C  M  S  M  Q  X  S  D  L  Z  U  Z  B  U  B  S
K  B  Z  U  X  F  D  Q  J  Q  M  I  K  F  S  F  K  B  K  I
G  V  B  B  G  U  D  S  X  Y  U  M  M  N  U  O  E  Y  J  A
J  V  K  J  Z  G  A  D  D  Z  P  B  D  G  U  W  T  T  W  T
V  I  K  M  W  Z  B  M  Z  P  H  N  S  U  D  J  Q  P  K  Y
X  T  R  X  Z  O  V  F  D  W  P  C  T  Z  T  L  T  M  N  V
N  Z  E  S  C  U  F  Z  E  J  Z  K  I  A  F  O  U  O  P  H
S  A  U  O  Y  D  A  O  K  L  B  K  L  H  Q  W  S  C  S  E
E  N  O  L  A  V  R  Y  L  R  Q  L  L  V  L  J  C  P  Z  W
G  G  E  D  B  "  A  "  K  Z  Z  D  E  L  O  D  S  F  U  C
```

After · Alone
Inmates · Indifference
Claimed · TheGrove
Still · "Us"
"A"

```
D  D  K  C  A  F  S  R  M  E  C  Y  F  S  W  P  U  C  W  M
R  Q  H  K  K  T  J  R  G  Y  J  Q  M  M  Y  H  B  D  X  J
Q  Y  Z  H  C  H  A  O  U  G  Z  K  N  R  E  X  S  G  P  Y
H  B  Z  O  L  S  T  M  Q  F  W  E  A  F  G  F  B  R  K  T
Q  D  K  Q  P  Q  Y  J  I  Y  V  U  O  O  Z  S  O  S  K  J
S  L  A  B  T  O  W  N  Y  L  T  I  N  U  M  I  F  H  E  S
S  Y  C  R  X  P  A  D  Q  C  U  Y  Z  R  N  F  A  V  G  F
U  R  H  A  X  R  Y  V  N  T  P  V  A  W  E  D  N  W  O  U
F  N  M  F  A  K  M  A  B  X  P  Q  C  A  X  R  Z  W  E  H
L  K  H  E  W  Q  S  D  I  K  L  U  W  L  J  U  T  S  K  Y
S  O  M  O  N  O  P  I  B  D  E  C  T  L  P  P  T  B  D  P
V  K  D  B  N  P  W  P  J  N  H  R  U  S  I  R  A  Z  L  D
O  G  T  C  O  M  N  X  E  P  F  O  Z  A  A  Y  Y  M  E  M
G  B  Y  K  P  P  E  H  F  P  L  S  C  N  R  S  S  M  T  Q
L  L  M  I  D  E  Z  F  E  P  E  S  G  D  X  X  U  L  A  B
S  B  E  W  A  P  I  L  J  B  S  E  V  A  W  S  M  D  A  Y
G  V  U  X  T  V  R  G  A  V  R  D  Q  R  N  L  Y  M  E  W
S  X  V  F  A  J  H  P  T  S  I  O  L  O  X  N  E  G  Q  X
J  O  H  Z  X  A  P  A  H  W  E  I  C  O  I  N  T  Z  G  N
G  A  N  R  K  Z  O  P  T  C  O  D  A  F  Z  N  W  Z  W  L
```

NoSanctuary   SelfHelp
Strangers   Consumed
FourWallsandaRoof   Crossed
Slabtown   Coda

```
O  C  H  I  D  H  A  J  T  T  M  C  Y  V  I  D  W  Q  E  F
F  J  K  J  A  O  W  L  L  Y  T  H  B  R  P  T  V  M  S  P
T  E  G  R  O  F  H  I  H  H  I  Y  E  E  Q  Y  O  R  H  T
H  Y  M  A  Z  S  A  T  W  C  T  C  K  K  S  F  B  N  L  U
O  G  N  Z  R  X  T  M  X  V  N  R  T  R  Y  U  M  O  S  H
F  P  S  S  J  Q  S  Z  B  A  D  D  Y  N  D  K  E  N  F  I
R  T  D  I  Y  U  G  T  T  U  N  S  Y  K  U  W  H  G  G  E
D  A  I  Q  Q  X  O  S  I  E  A  U  O  O  K  N  T  B  A  N
Z  Y  P  H  J  I  I  B  P  V  D  I  X  X  X  C  F  N  W  B
Q  K  L  N  M  D  N  S  P  K  E  R  V  J  U  A  E  Q  C  D
R  Y  E  K  E  X  G  C  I  F  N  W  N  L  Q  P  V  K  Z  G
H  D  D  H  L  F  O  D  H  Z  E  D  P  F  H  R  K  S  Z  Z
O  A  T  Y  X  G  N  J  E  C  P  X  B  P  I  E  G  L  R  X
S  H  J  K  H  G  C  U  I  P  P  M  T  T  D  B  D  M  E  J
C  N  I  V  D  M  Q  L  Z  P  A  P  C  D  S  M  X  J  J  Y
Q  T  G  V  H  N  B  W  M  A  H  F  G  N  E  E  X  M  Y  C
T  R  L  N  O  L  R  Z  Z  L  T  C  G  Z  L  M  I  B  C  D
D  J  G  C  G  P  I  J  T  M  A  I  E  A  S  E  T  S  S  L
T  U  T  I  B  W  S  Z  B  G  H  N  K  X  L  R  Y  W  A  B
S  T  W  T  Y  W  P  V  Z  Q  W  F  Q  X  E  P  B  U  Q  C
```

WhatHappenedand
WhatsGoingOn
Them
TheDistance

Remember
Forget
Spend
Try
Conquez

```
R  X  P  Z  Y  W  L  O  L  B  O  A  Y  O  G  K  E  U  W  I
Q  H  Q  K  J  W  V  A  K  U  A  R  O  L  K  O  O  J  J  L
B  I  V  P  H  T  O  S  B  P  F  X  O  Q  Y  Y  H  M  H  Q
J  R  C  R  L  I  I  G  N  N  E  Y  K  C  K  A  P  S  U  S
H  E  Z  T  J  K  Z  M  Q  N  M  N  M  N  L  C  O  A  T  J
M  Q  Z  L  C  A  R  I  P  Z  F  S  A  G  W  V  D  P  F  Q
W  A  D  C  F  H  E  C  F  P  X  H  Z  E  T  N  P  E  W  B
D  Z  S  L  D  S  Q  Y  E  I  T  P  G  A  E  S  C  A  W  T
U  V  A  L  W  A  Y  S  A  C  C  O  U  N  T  A  B  L  E  H
B  U  N  D  W  A  I  P  D  L  P  Z  V  Q  N  F  K  H  D  K
O  X  S  W  R  Q  N  C  M  V  I  A  W  D  D  A  D  M  O  C
M  F  W  L  V  H  I  G  E  R  E  H  T  O  N  S  E  R  E  H
G  H  J  K  X  J  P  F  P  D  I  X  A  A  P  C  O  D  W  F
M  V  R  X  T  J  I  B  H  E  A  D  S  U  P  L  W  X  R  E
F  M  W  H  F  I  R  S  T  T  I  M  E  A  G  A  I  N  M  N
A  Z  B  X  O  A  T  M  C  W  P  X  V  H  M  Q  D  C  T  L
B  D  O  N  Z  V  E  W  T  I  L  E  A  H  O  L  I  X  M  D
O  K  Y  W  O  N  W  E  R  W  V  I  C  J  Q  Z  V  K  J  F
E  N  D  J  Q  B  B  Z  N  S  V  Q  C  C  P  U  W  S  C  R
Z  N  W  J  T  S  T  A  R  T  T  O  F  I  N  I  S  H  P  D
```

FirstTimeAgain   Now
JSS   AlwaysAccountable
ThankYou   HeadsUp
HeresNotHere   StarttoFinish

```
O  T  T  H  E  S  A  M  E  B  O  A  T  X  S  X  Z  F  I  O
L  U  T  W  I  C  E  A  S  F  A  R  N  H  H  L  Z  T  P  A
S  O  E  P  K  Z  L  Y  L  U  L  X  T  F  V  R  C  H  O  T
S  Y  J  M  Q  G  P  X  L  R  O  I  Q  C  C  V  E  E  X  Q
R  A  S  R  X  P  J  B  F  A  D  A  V  C  Y  D  Q  N  A  M
M  W  O  Y  C  R  Y  F  L  P  O  N  J  S  F  F  O  E  L  H
C  O  C  R  T  C  B  K  Y  V  A  O  O  E  Y  L  N  X  P  C
I  N  X  U  S  R  L  J  M  K  A  T  S  A  E  Y  Y  T  Y  C
U  V  S  H  T  E  N  O  D  M  N  T  Y  X  X  W  B  W  G  N
V  V  Q  D  E  F  B  S  B  T  A  O  C  G  B  Y  T  O  C  C
U  Q  F  D  R  H  K  F  D  O  G  M  T  G  T  R  J  R  D  R
D  N  Z  I  K  X  T  X  R  K  I  O  C  S  Z  A  T  L  B  E
Q  N  M  K  W  R  T  B  O  V  R  R  M  J  U  Y  Q  D  L  C
L  A  S  T  D  A  Y  O  N  E  A  R  T  H  B  N  D  T  L  P
J  V  J  T  B  M  F  L  B  I  X  O  K  Y  H  I  T  U  V  H
I  Y  V  O  V  P  S  I  F  R  G  W  D  L  D  W  M  I  T  W
Q  X  Q  K  Q  W  G  P  O  D  A  Y  V  O  W  D  Q  N  E  S
J  X  V  S  T  N  H  K  I  F  W  E  P  U  V  V  R  D  Z
E  V  O  M  C  P  U  X  P  A  G  T  O  K  E  A  J  E  X  Z
R  W  O  R  E  H  G  Q  E  T  R  Y  K  Z  W  S  D  F  O  C
```

NoWayOut	TheSameBoat
TheNextWorld	TwiceasFar
KnotsUntie	East
NotTomorrowYet	LastDayonEarth

```
L R D P N M M S D O Z X L Y V O U M J M
V W C A J S R Y E E Q H M C W K Z O Y K
T F H U I R U B H R L V W L L E W E H T
D R S A N P N Q S I V V V F D L T U H E
Y E Z Y L J W R S J L I W R C G V P R Q
Q P C W G Y A T T B A Q C F O X W W M M
A A X T H E C E L L I U Y E O U D M H H
H F S P W H O M P Y D F H V B S F N I V
G M C S J Y O T I P A D S X P U R O S U
W Q G N I T A E B L L I T S S T R A E H
E B T N O W U O Y N E H W U C H V C X K
M P P Y Y V O X B L H G G M Z N X P L I
O E E M O C L L I W Y A D E H T X V U H
L U H R M C D M O O S R E T T E G O G T
Z S I N G M E A S O N G C Y P M Y U N C
T O D H U I M L W L Z X H B U D I N C R
D C T T C T M X W A R J Q L G U F B R S
G I P Y L J A Q O A F X E S L Y U Z U U
O V Z U Y M M K A X E Z U I W X G W K T
E X A N P U B B M B N N O T A M Y W C V
```

TheDayWillCome   GoGetters
WhenYouWontBe   Swear
TheWell   SingMeaSong
TheCell   HeartsStillBeating
Service

```
R  H  V  L  V  S  E  Z  W  O  Y  A  N  Y  M  K  C  J  Y  D  B
V  E  Q  O  K  P  O  O  U  J  J  P  U  S  C  K  Q  J  I  N  M
E  O  H  Y  W  U  S  D  N  E  I  R  F  T  S  E  B  W  E  N  O
S  E  I  T  I  M  A  L  A  C  D  N  A  S  E  L  I  T  S  O  H
G  J  L  P  F  L  N  I  Y  Z  B  S  E  Y  Y  A  S  O  A  T  J
N  M  T  J  I  O  X  I  A  W  E  J  F  U  L  F  M  K  Q  V  P
V  R  X  J  S  S  Y  O  B  M  A  I  R  S  I  E  N  D  E  I  O
Z  A  O  I  O  X  W  A  P  N  V  D  Z  F  T  J  W  Y  D  F  R
F  P  P  C  U  H  U  R  D  S  X  K  V  H  A  Q  Z  X  I  B  I
T  N  P  F  K  R  Q  T  G  T  N  A  I  M  B  Q  O  J  S  U  C
E  X  Y  E  X  I  E  D  W  C  S  N  B  J  M  R  W  V  R  Z  S
R  U  M  S  U  N  N  P  I  L  G  R  X  R  B  K  A  V  E  B  G
E  G  F  E  F  X  E  T  K  T  U  L  I  A  F  C  G  L  H  P  N
H  X  T  A  Z  V  Q  J  H  U  U  U  N  F  M  M  Z  G  T  W  H
E  R  B  J  K  B  Y  E  R  E  N  W  I  Q  E  E  R  C  O  V  T
M  U  G  H  N  I  Y  G  N  R  R  Q  I  Y  F  H  O  Z  E  M  G
Y  U  K  B  H  N  Z  G  N  E  R  O  B  A  E  H  T  A  H  K  M
R  W  R  V  E  P  L  N  L  M  X  P  A  G  J  W  D  U  T  F  R
U  L  O  E  H  X  P  F  P  M  L  D  T  D  L  H  H  I  L  S  P
B  C  D  G  L  X  G  G  Z  F  R  F  U  R  J  C  U  T  V  Z  B
R  E  S  T  O  F  Y  O  U  R  L  I  F  E  L  D  I  U  C  A  P
```

RockintheRoad
NewBestFriends
HostilesandCalamities
SayYes

BuryMeHere
TheOtherSide
SomethingTheyNeed
TheFirstDayofthe
RestofYourLife

The Survivors Journeys

```
L  J  E  H  K  V  Q  N  X  O  M  B  B  G  W  P  L  O  R  R
A  Y  N  O  I  A  Y  F  R  Y  A  H  D  R  E  N  D  U  Q  A
Q  Q  P  P  A  O  I  P  N  E  W  V  P  Y  K  I  G  Z  Z  Q
Y  W  E  S  T  G  E  O  R  G  I  A  Y  J  S  Q  Q  Y  C  J
J  P  X  O  V  T  K  F  K  S  P  V  Y  M  L  C  E  R  V  K
O  L  Z  P  S  E  B  D  H  S  U  L  C  T  D  Z  M  A  N  I
S  U  Q  A  B  R  Y  R  M  Y  L  R  R  A  B  P  X  U  H  X
U  E  F  M  V  M  V  T  R  K  K  D  X  H  Y  M  F  T  D  W
G  T  H  E  K  I  N  G  D  O  M  B  M  Z  Q  X  J  C  M  Y
R  Q  Q  B  F  N  C  I  N  J  W  L  E  A  P  P  G  N  E  D
C  K  K  V  C  U  O  P  P  E  S  Q  U  W  T  S  C  A  O  O
N  H  U  V  O  S  G  O  V  W  A  A  V  V  Z  L  H  S  Y  Z
A  L  E  X  A  N  D  R  I  A  S  A  F  E  Z  O  N  E  O  Q
H  D  O  C  K  V  S  A  R  H  Z  E  F  H  H  C  N  H  A  X
Z  G  W  X  J  W  K  E  H  J  P  Y  G  J  Z  C  Y  T  Z  P
W  J  M  E  L  X  O  A  I  K  Y  X  P  Q  I  K  W  E  L  L
Y  T  I  L  I  C  A  F  L  A  N  O  I  T  C  E  R  R  O  C
Y  W  Q  B  F  Q  W  O  O  D  B  U  R  Y  V  J  N  U  R  P
L  D  P  W  Y  X  G  T  M  P  K  A  X  O  F  T  W  A  W  L
Y  P  L  J  Z  O  D  R  N  G  J  J  L  U  M  M  Q  F  R  C
```

AlexandriaSafeZone	TheSanctuary
TheKingdom	Woodbury
Terminus	WestGeorgia
	CorrectionalFacility

```
E G S C P O G E I F Q O T R S C N I M N F S
R W Z Q U B D N Y T T U D T W S O G G F W K
O C U Y T U N H Z J M B H G N W P N Q O V A
T Y Q X K S E F W B L N B R Q I S R L F W S
S U Z P I Q A E H I S P N A F R O D F V U R
T K T U C D L S V G B N W N I G V H I N H W
N P G B A Q T F N S P G C T U Z F V U K Q R
E Y G V H Z L E Z P R K Z V W M L C U P E T
M Q C N N J W E A O X C S I J H J W M P M Z
T U K U P J I X V T X R O L E D L X L F E Y
R I W F D N U V W R X K W L S Q Z O R S L P
A L E O B M F S Q Z I V L E U O E H Y W Z W
P V I G Y V Z M F B S W E X F F Y L B R D F
E V S O V E W T P K T D C K Q U Z C K P Q X
D H S A Q W E E Y J N H N Z V D X E H W O I
A G A K R U X D D V L A X U A X F D Q O U Q
T O G P M A C S Z E N I T R A M R A S E A C
N G R A D Y M E M O R I A L H O S P I T A L
A H L R M E L A R U Z T L Z H C H W P P Q K
L Y L Y A T L A N T A N U R S I N G H O M E
T H U I L X X Y R F K F P M U W P O Q F L A
A O A W E J R R I I J J M S P C N L B K M J
```

GradyMemorialHospital   BigSpot
AtlantaDepartmentStore   CaesarMartinezsCamp
AtlantaNursingHome   GRANTVILLE

Survivors Journeys

Well so far fellow walkers this is as far as we go! Up to Season 7, I am sure that the writer's, creators and of course all those talented actors will have us on the edge of our seat wanting for more in no time!

I hope this book has brought you some fun, some memories of past events within the Walking Dead, and maybe even some new information that was missed through the survivors journeys.

And remember word search's is always good to keep the old grey matter upstairs working to its full potential! You never know when a zombie apocalypse is going to happen! We don't want to serve up only old brains for those starving Walkers do we??

"Until the next time fellow Walkers"

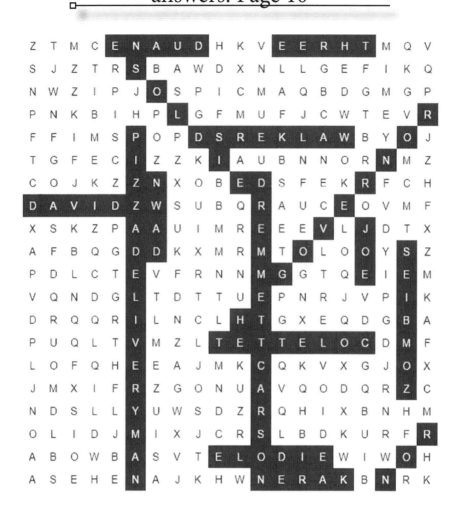

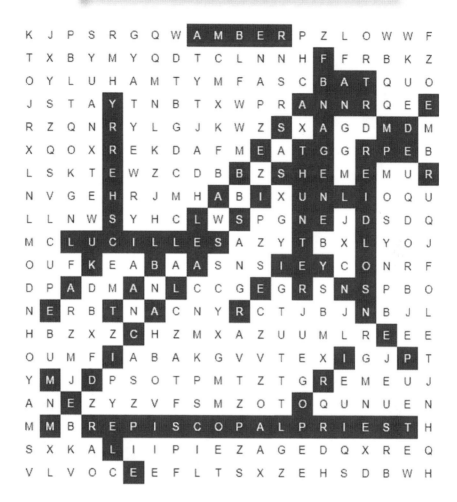

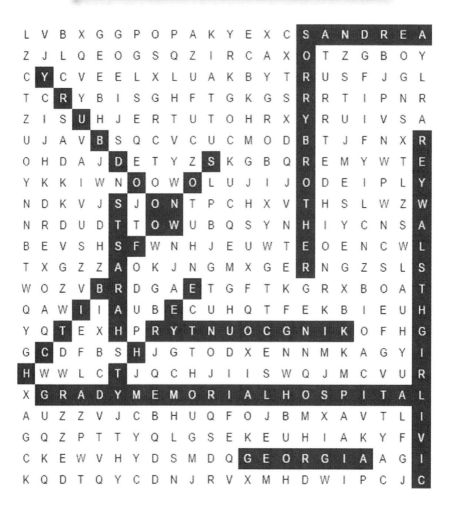

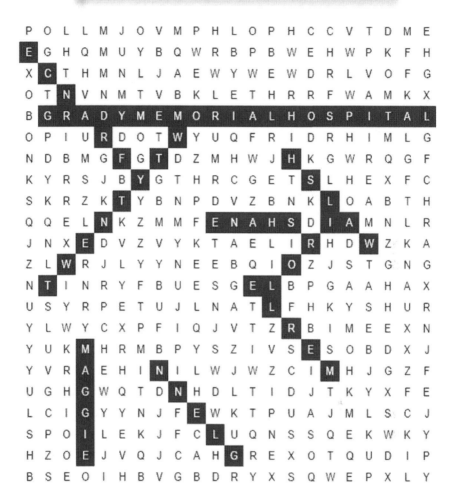

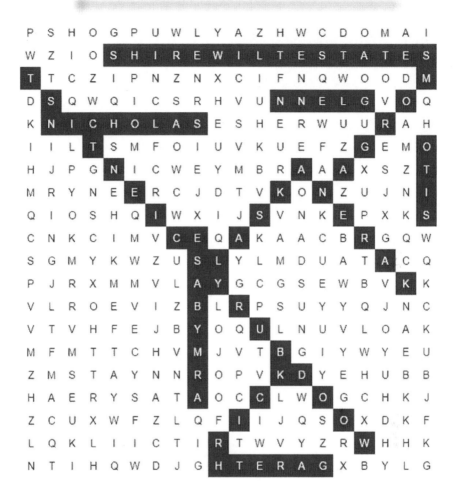

P S H O G P U W L Y A Z H W C D O M A I
W Z I O S H I R E W I L T E S T A T E S
T T C Z I P N Z N X C I F N Q W O O D M
D S Q W Q I C S R H V U N N E L G V O Q
K N I C H O L A S E S H E R W U U R A H
I I L T S M F O I U V K U E F Z G E M O
H J P G N I C W E Y M B R A A A X S Z T
M R Y N E E R C J D T V K O N Z U J N I
Q I O S H Q I W X I J S V N K E P X K S
C N K C I M V C E Q A K A A C B R G Q W
S G M Y K W Z U S L Y L M D U A T A C Q
P J R X M M V L A Y G C G S E W B V K K
V L R O E V I Z B L R P S U Y Y Q J N C
V T V H F E J B Y O Q U L N U V L O A K
M F M T T C H V M J V T B G I Y W Y E U
Z M S T A Y N N R O P V K D Y E H U B B
H A E R Y S A T A O C C L W O G C H K J
Z C U X W F Z L Q F I I J Q S O X D K F
L Q K L I I C T I R T W V Y Z R W H H K
N T I H Q W D J G H T E R A G X B Y L G

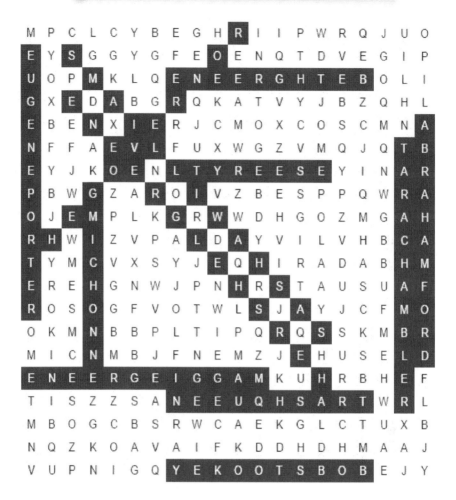

G A P M B I L K Q X A A T H H U A V K Z
L M T B B I U M P Z E V J D M Z T L A Q
U J G I Q H J Q B B C T F V Q K R R G T
C A I V O R L U A P B J U B O N R R W M
A F E L P Q B D N K C V R N M O D V R I
I S J M R A C W O Q Z P A M F R E V A B
Z C O J W R L I R Y Q G L S I I A G N C
M A E N H Z W G A R E T H Q V V N F O E
X L K H I Q X H A N D J P S Y Y N K S G
W P E K T P E T H X S M P E F P A L R A
K F W T A M S X P P B I S F G Y M P E I
O F G A B R I E L S T O K E S R O Q D L
R U H I R W F N A W R U J C M W N R N T
T X M Q B D R D A T M M T Z N P R H A C
P C R X D D W D Q K I D Y E I W O U E P
L J A D K O K G Z H L S R C D T E Y I R
X B U D J B S V B R C N O D O G K O S Z
S P B Q S O L R P B T C N R A T J P S K
E W H M E Q D J G R E G O R Y B U P E J
M P Q S P E N C E R M O N R O E H P J F

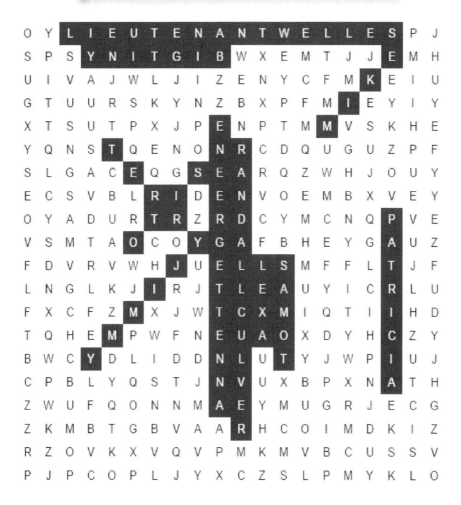

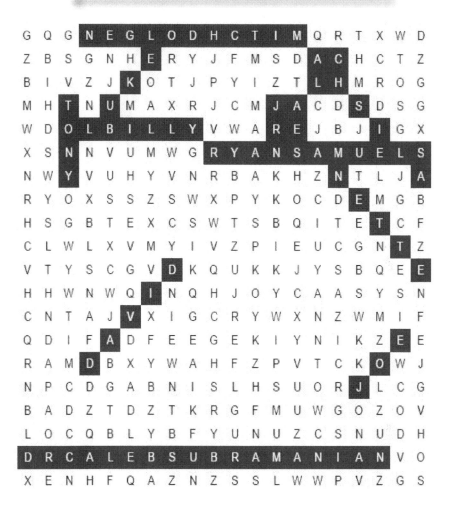

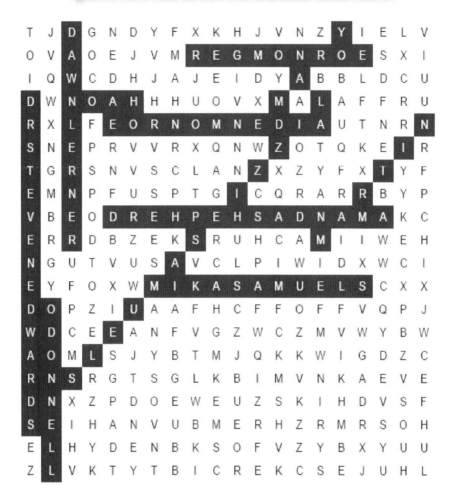

P B O F Z E L A C N U B B Q Q F I D K Y
S U P T I X S M Z F N F F C X Q Y H N Q
E D X N O F M Q F N T C H M B I N K Q L
Y N N F L V N V S Z M Z P D V D W S M Y
N A Y Z B V V N N Y I M G T S Y I Q H D
B H C B G S N W P E L T I V U B L N E K
N N W U J Y U A E U O G K Z Y F D Q N M
O N W P B U J N V H Z Q W K I M H K I A
F U J L G A B D N A U G Z S R O M Y W U
R X Y B N F U Y E T L X V H I Q R J G C
S N T P P O X M T P Z S D A G F Q K D E
S E N R A B E T M P K L D C G J C A Q X
E W M I J R C E U R N P P G U K Q Q O H
G O R M V J R O A O K R U O F M R R U H
R Z F O A I I W X F D Q Z P M H O R Y E
U G L G K X V U W V D U D J N I M L A A
T X F Y G D B O T A I W N S Q X A Z C T
S J U R Z A T Z E H V J D R J V N T U H
S Q V G S C R U O B A S H P F J E I Z K
D Y O L C E S I N E D R D M X C X L T E

I N U I R E L H N Y R R E H S Y S C I E
V H J E K B B A N I S Q G B D H J C W F
C I E B V P P R N P M V Z A I A N T I W
H Z R G N A Z T J N H A K B A L W I N W
Y C R Y F G B L R E A B J Y N C R X U B
N D Y C Z W E L V V X Y B N N S I M O N
U R Y P E R E T V M B U W Z E E M Y W K
M Y V G A I U X X I D S R O O B D Y F G
A M O X K C O J E S C F G H F X W O C Q
R Q V E A H Q H J N I S C F U W J U L Z
S C Z K W A B M M A T P D F A J Z B H O
K E K T V R J K H E M S C J R R H U U X
F P C I Y D I M Q D W A A O O T A V C Z
O N I Z A G K Z L U Q H X S E L N T S F
U J X M U Y Q U D B E E V Z B W T Y E V
P W Y C C J O E M Z L U Z Y W O Y N V P
T L M U F D I G N G T L G X C M H B G V
E I S G A R U A L F G A A S R W R E S O
B S O D W M M P A V Z I L F R E Y R B V
E Q J P U A Z A X T L O K M H J M Q Y G

W	F	I	O	L	Q	U	T	C	J	N	A	A	E	N	I	G	N	B	R
B	K	B	N	A	G	E	A	K	Y	X	M	N	I	A	D	P	O	G	Y
S	F	Z	V	R	L	T	N	P	H	E	Q	U	K	X	P	H	R	J	K
E	G	X	J	L	D	T	D	L	N	J	Y	Q	R	X	V	M	M	Z	G
I	V	O	J	H	X	M	R	A	X	F	E	G	A	V	M	T	A	X	O
L	V	P	U	K	B	N	E	I	I	O	K	E	B	E	R	P	N	T	C
L	E	K	D	S	P	E	W	U	U	F	R	C	G	B	Y	Y	R	R	P
A	C	J	K	U	S	D	L	T	E	U	C	H	H	A	K	K	E	D	W
C	K	O	W	K	N	L	I	F	S	I	L	A	I	B	T	C	E	E	V
E	Q	N	U	Z	X	O	N	D	E	L	O	N	X	N	W	U	D	C	Y
N	W	B	A	J	V	H	C	L	P	I	V	D	L	U	I	T	U	C	Z
Y	Q	E	E	J	Z	E	O	M	B	T	H	L	F	E	A	R	S	S	I
A	E	R	M	K	T	I	L	K	W	S	R	E	A	Y	F	U	A	A	R
W	Q	N	L	W	E	R	N	L	F	F	J	R	F	N	T	S	X	M	E
H	N	T	C	B	C	U	H	F	C	V	Y	R	Y	E	M	Q	U	Q	E
A	E	H	D	M	K	A	D	R	I	L	W	I	Q	V	U	K	K	Q	U
R	S	A	H	J	K	L	J	Z	X	F	H	G	X	E	G	J	M	S	P
A	M	L	X	D	C	N	X	C	R	V	A	G	Z	T	Y	V	D	U	J
S	D	U	B	A	P	G	B	G	Y	B	X	S	Y	S	M	S	K	Q	F
Q	C	G	G	X	J	E	F	F	R	E	Y	D	E	M	U	N	N	R	F

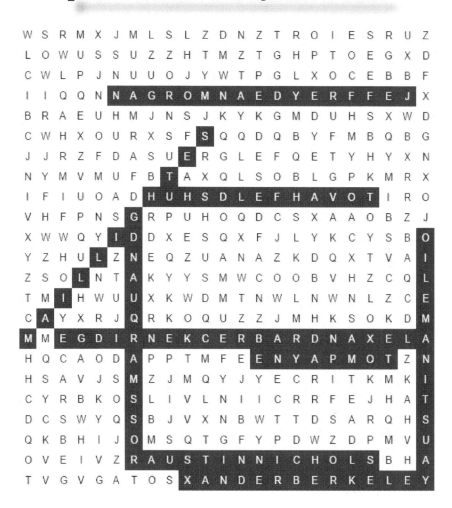

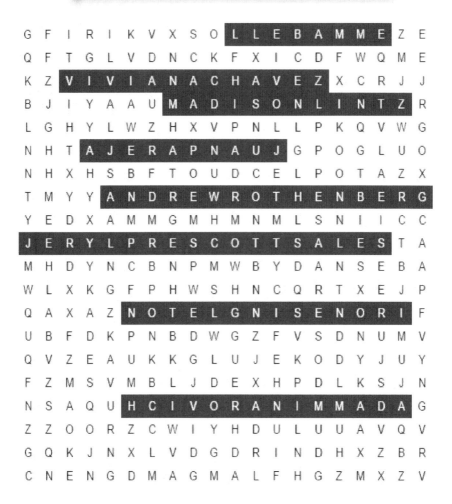

```
G  F  I  R  I  K  V  X  S  O  L  L  E  B  A  M  M  E  Z  E
Q  F  T  G  L  V  D  N  C  K  F  X  I  C  D  F  W  Q  M  E
K  Z  V  I  V  I  A  N  A  C  H  A  V  E  Z  X  C  R  J  J
B  J  I  Y  A  A  U  M  A  D  I  S  O  N  L  I  N  T  Z  R
L  G  H  Y  L  W  Z  H  X  V  P  N  L  L  P  K  Q  V  W  G
N  H  T  A  J  E  R  A  P  N  A  U  J  G  P  O  G  L  U  O
N  H  X  H  S  B  F  T  O  U  D  C  E  L  P  O  T  A  Z  X
T  M  Y  Y  A  N  D  R  E  W  R  O  T  H  E  N  B  E  R  G
Y  E  D  X  A  M  M  G  M  H  M  N  M  L  S  N  I  I  C  C
J  E  R  Y  L  P  R  E  S  C  O  T  T  S  A  L  E  S  T  A
M  H  D  Y  N  C  B  N  P  M  W  B  Y  D  A  N  S  E  B  A
W  L  X  K  G  F  P  H  W  S  H  N  C  Q  R  T  X  E  J  P
Q  A  X  A  Z  N  O  T  E  L  G  N  I  S  E  N  O  R  I  F
U  B  F  D  K  P  N  B  D  W  G  Z  F  V  S  D  N  U  M  V
Q  V  Z  E  A  U  K  K  G  L  U  J  E  K  O  D  Y  J  U  Y
F  Z  M  S  V  M  B  L  J  D  E  X  H  P  D  L  K  S  J  N
N  S  A  Q  U  H  C  I  V  O  R  A  N  I  M  M  A  D  A  G
Z  Z  O  O  R  Z  C  W  I  Y  H  D  U  L  U  U  A  V  Q  V
G  Q  K  J  N  X  L  V  D  G  D  R  I  N  D  H  X  Z  B  R
C  N  E  N  G  D  M  A  G  M  A  L  F  H  G  Z  M  X  Z  V
```

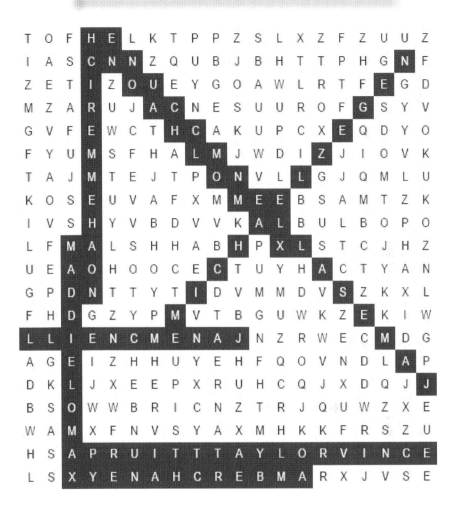

T O F H E L K T P P Z S L X Z F Z U U Z
I A S C N N Z Q U B J B H T T P H G N F
Z E T I Z O U E Y G O A W L R T F E G D
M Z A R U J A C N E S U U R O F G S Y V
G V F E W C T H C A K U P C X E Q D Y O
F Y U M S F H A L M J W D I Z J I O V K
T A J M T E J T P O N V L L G J Q M L U
K O S E U V A F X M M E E B S A M T Z K
I V S H Y V B D V V K A L B U L B O P O
L F M A L S H H A B H P X L S T C J H Z
U E A O H O O C E C T U Y H A C T Y A N
G P D N T T Y T I D V M M D V S Z K X L
F H D G Z Y P M V T B G U W K Z E K I W
L L I E N C M E N A J N Z R W E C M D G
A G E I Z H H U Y E H F Q O V N D L A P
D K L J X E E P X R U H C Q J X D Q J J
B S O W W B R I C N Z T R J Q U W Z X E
W A M X F N V S Y A X M H K K F R S Z U
H S A P R U I T T A Y L O R V I N C E
L S X Y E N A H C R E B M A R X J V S E

```
M  D  T  T  L  P  H  W  K  P  L  Q  G  Q  R  B  R  L  J  M
G  X  G  M  R  E  S  A  H  C  R  E  L  Y  T  I  D  K  C  H
O  J  Q  B  X  V  S  R  T  N  V  E  L  I  P  W  Y  A  L  Y
A  U  A  T  W  Y  B  Z  I  T  J  L  V  K  Q  S  C  A  F  N
L  E  C  O  Y  L  U  G  K  I  A  S  B  S  T  E  R  H  Y  B
Z  M  G  T  S  B  L  A  W  J  Q  A  C  N  O  R  C  H  H  P
W  X  D  Q  C  K  D  I  U  R  E  L  Z  A  J  O  R  T  U  F
J  N  A  S  Z  B  V  G  C  H  O  O  Z  M  K  G  C  D  E  N
V  F  A  T  K  R  M  Q  V  E  J  K  R  Y  F  E  V  I  V  Z
I  E  L  R  A  G  A  S  Z  R  P  I  B  Z  W  R  V  X  Y  D
N  N  O  E  S  P  W  T  T  O  Y  N  N  S  X  M  H  O  S  Y
C  X  F  B  D  C  N  E  K  O  P  A  M  E  L  I  I  H  B  A
E  Y  M  O  W  P  N  O  E  M  P  X  A  I  V  T  Y  W  D  H
N  H  W  R  Q  V  I  A  P  E  O  E  D  L  L  C  D  X  H  Z
T  Z  Y  S  I  I  J  O  N  C  K  L  J  Y  C  H  L  B  O  S
M  B  A  A  S  C  L  Z  R  I  R  A  P  K  Y  E  O  B  W  D
W  L  Q  L  C  A  C  V  Y  K  D  P  A  S  X  L  X  G  S  H
A  K  N  L  Y  W  O  N  G  R  V  O  U  N  K  L  A  X  R  T
R  R  O  A  P  N  M  V  O  A  K  E  C  N  E  R  W  A  L  K
D  D  A  D  E  C  J  D  G  M  C  P  C  B  G  W  P  F  S  L
```

V U B M C O D W W J U **A** H R O U F H K E
N C I **M E Y R I C K M U R P H Y** G C H K
X H F C S X M B I C H **D** W G B U T V **O** R
R G M J L M T N R R C **R** X I M Z C U **L** M
D M E Y J Y J I I N E **E** L R W Q Z C **L** H
K J Z E K F Y G D X O **Y** A O O P U X **I** Y
X I I T A H B U J G L **M** M V B F M K **T** C
F M J Y J R I N Z V S **A** I C Q J V **K** N M
P S **V I N C E N T M A R** T E L L A E A H
Y A M S A M O H T L E I N A D O O N C Y
F Q A P S E N K U J J **E** R V P H K N O N
Z J T Z F L X P L Z K **A** D E W T S E L Z
X K Y D Q K Y U P Y I **N** F C A C Q D B T
D X X B Q U G G C T I **D** V H T G J Y A V
T U T W S B S R H T O **E** R I T J J B P T
R C V P I G O Q U T X **R** E E A V J R E H
I Y D **O I Z N O P A S S I L E M** O I S Y
I F D F A F C I Y P N **O** V M B Z Y C O X
R M H A T Q E X L O S **N** F A Q R P E J Y
C G V B K D M S **T R A V I S L O V E** Q Z

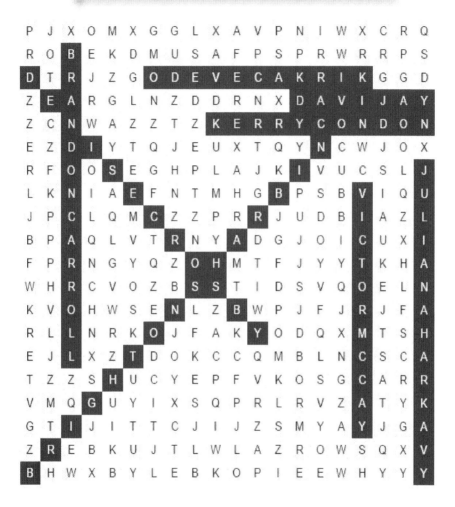

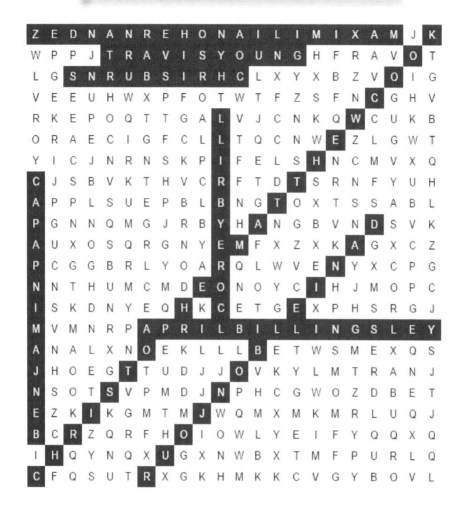

```
Z  O  N  S  O  D  A  G  O  T  Z  T  D  Y  T  K  O  A  K  X
I  O  U  I  N  C  S  V  D  P  P  Y  S  E  D  H  N  K  A  I
S  H  R  H  E  Y  L  A  D  Y  O  D  B  K  Q  O  A  A  R  Q
K  M  S  I  E  S  T  O  R  B  A  A  B  E  H  N  C  F  N  T
P  S  S  D  A  E  E  K  C  Y  W  W  L  F  R  W  R  N  A  N
A  J  M  E  R  X  R  E  P  W  Z  Y  U  R  W  W  A  B  G  A
O  M  V  Y  O  D  S  A  Z  I  N  L  O  O  P  A  M  Z  R  W
Q  A  S  K  W  S  Y  X  F  B  F  C  L  P  Q  J  H  Y  O  O
A  J  B  U  E  N  J  A  S  O  N  D  O  U  G  L  A  S  M  G
R  O  Z  J  B  O  T  E  I  W  E  V  E  W  S  B  J  Y  Y  C
M  R  T  D  F  A  Q  N  S  P  F  N  A  J  J  Z  I  S  N  R
M  D  X  U  R  K  C  E  X  H  C  V  I  C  V  G  L  H  A  A
K  O  A  N  B  R  P  F  O  P  M  F  W  F  F  G  E  I  F  M
A  D  H  V  D  T  Y  P  O  E  J  M  B  E  I  N  R  O  F  V
W  S  Z  C  G  E  C  R  S  X  O  S  O  M  Y  L  Q  A  I  V
R  O  N  Y  A  R  T  L  E  A  H  C  I  M  M  P  S  J  T  L
F  N  Y  G  W  D  K  N  H  X  E  B  D  N  T  M  L  O  Y  Q
I  X  K  R  O  G  L  N  S  M  A  R  B  A  N  I  T  S  U  A
N  D  G  A  G  Z  N  G  M  O  I  A  F  B  G  J  D  F  T  M
I  W  F  Q  G  D  R  W  Y  Y  M  M  Z  K  L  P  V  B  Y  H
```

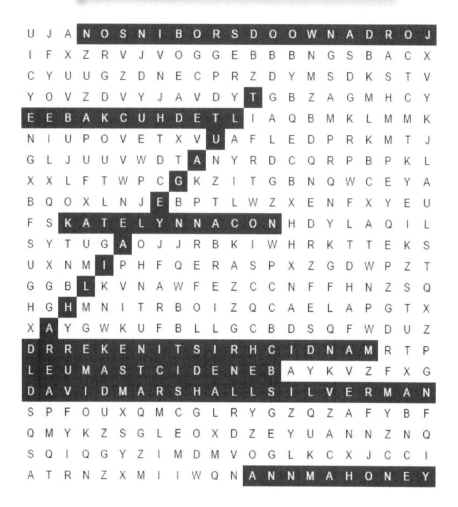

U	J	A	N	O	S	N	I	B	O	R	S	D	O	O	W	N	A	D	R	O	J
I	F	X	Z	R	V	J	V	O	G	G	E	B	B	B	N	G	S	B	A	C	X
C	Y	U	U	G	Z	D	N	E	C	P	R	Z	D	Y	M	S	D	K	S	T	V
Y	O	V	Z	D	V	Y	J	A	V	D	Y	T	G	B	Z	A	G	M	H	C	Y
E	E	B	A	K	C	U	H	D	E	T	L	I	A	Q	B	M	K	L	M	M	K
N	I	U	P	O	V	E	T	X	V	U	A	F	L	E	D	P	R	K	M	T	J
G	L	J	U	U	V	W	D	T	A	N	Y	R	D	C	Q	R	P	B	P	K	L
X	X	L	F	T	W	P	C	G	K	Z	I	T	G	B	N	Q	W	C	E	Y	A
B	Q	O	X	L	N	J	E	B	P	T	L	W	Z	X	E	N	F	X	Y	E	U
F	S	K	A	T	E	L	Y	N	N	A	C	O	N	H	D	Y	L	A	Q	I	L
S	Y	T	U	G	A	O	J	J	R	B	K	I	W	H	R	K	T	T	E	K	S
U	X	N	M	I	P	H	F	Q	E	R	A	S	P	X	Z	G	D	W	P	Z	T
G	G	B	L	K	V	N	A	W	F	E	Z	C	C	N	F	F	H	N	Z	S	Q
H	G	H	M	N	I	T	R	B	O	I	Z	Q	C	A	E	L	A	P	G	T	X
X	A	Y	G	W	K	U	F	B	L	L	G	C	B	D	S	Q	F	W	D	U	Z
D	R	R	E	K	E	N	I	T	S	I	R	H	C	I	D	N	A	M	R	T	P
L	E	U	M	A	S	T	C	I	D	E	N	E	B	A	Y	K	V	Z	F	X	G
D	A	V	I	D	M	A	R	S	H	A	L	L	S	I	L	V	E	R	M	A	N
S	P	F	O	U	X	Q	M	C	G	L	R	Y	G	Z	Q	Z	A	F	Y	B	F
Q	M	Y	K	Z	S	G	L	E	O	X	D	Z	E	Y	U	A	N	N	Z	N	Q
S	Q	I	Q	G	Y	Z	I	M	D	M	V	O	G	L	K	C	X	J	C	C	I
A	T	R	N	Z	X	M	I	I	W	Q	N	A	N	N	M	A	H	O	N	E	Y

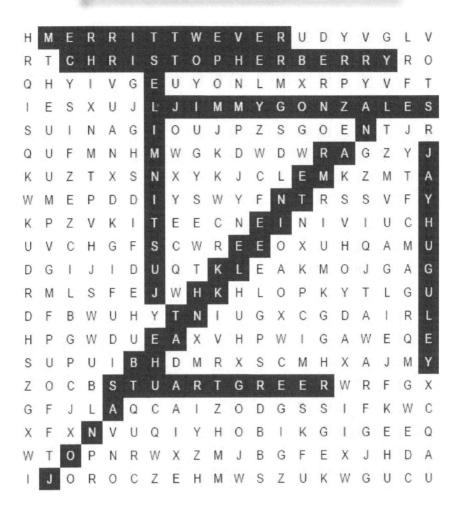

H	M	E	R	R	I	T	T	W	E	V	E	R	U	D	Y	V	G	L	V
R	T	C	H	R	I	S	T	O	P	H	E	R	B	E	R	R	Y	R	O
Q	H	Y	I	V	G	E	U	Y	O	N	L	M	X	R	P	Y	V	F	T
I	E	S	X	U	J	L	J	I	M	M	Y	G	O	N	Z	A	L	E	S
S	U	I	N	A	G	I	O	U	J	P	Z	S	G	O	E	N	T	J	R
Q	U	F	M	N	H	M	W	G	K	D	W	D	W	R	A	G	Z	Y	J
K	U	Z	T	X	S	N	X	Y	K	J	C	L	E	M	K	Z	M	T	A
W	M	E	P	D	D	I	Y	S	W	Y	F	N	T	R	S	S	V	F	Y
K	P	Z	V	K	I	T	E	E	C	N	E	I	N	I	V	I	U	C	H
U	V	C	H	G	F	S	C	W	R	E	E	O	X	U	H	Q	A	M	U
D	G	I	J	I	D	U	Q	T	K	L	E	A	K	M	O	J	G	A	G
R	M	L	S	F	E	J	W	H	K	H	L	O	P	K	Y	T	L	G	U
D	F	B	W	U	H	Y	T	N	I	U	G	X	C	G	D	A	I	R	L
H	P	G	W	D	U	E	A	X	V	H	P	W	I	G	A	W	E	Q	E
S	U	P	U	I	B	H	D	M	R	X	S	C	M	H	X	A	J	M	Y
Z	O	C	B	S	T	U	A	R	T	G	R	E	E	R	W	R	F	G	X
G	F	J	L	A	Q	C	A	I	Z	O	D	G	S	S	I	F	K	W	C
X	F	X	N	V	U	Q	I	Y	H	O	B	I	K	G	I	G	E	E	Q
W	T	O	P	N	R	W	X	Z	M	J	B	G	F	E	X	J	H	D	A
I	J	O	R	O	C	Z	E	H	M	W	S	Z	U	K	W	G	U	C	U

```
J  X  W  Z  D  H  I  S  Y  L  M  Y  W  D  X  U  P  Z  U  A
Z  Q  W  Z  M  P  N  E  E  R  G  C  I  R  N  E  K  X  I  N
R  P  S  U  B  L  X  X  C  R  N  L  V  Y  Y  K  K  C  X  O
X  Z  A  K  M  F  C  N  U  H  Q  G  G  O  N  E  V  E  T  S
X  Q  S  D  E  W  O  L  D  U  L  H  T  E  B  A  Z  I  L  E
A  T  S  I  L  E  G  N  A  V  E  E  N  I  T  S  I  R  H  C
B  B  H  K  S  G  B  Y  G  G  N  W  I  R  G  C  N  Y  A  F
Y  L  T  R  Q  J  E  R  E  M  Y  P  A  L  K  O  K  R  N  W
G  S  K  Y  Q  Y  F  J  R  U  L  L  M  M  L  H  F  Q  N  N
W  G  S  T  H  W  J  R  X  Z  M  Q  S  F  W  X  K  L  R  D
F  M  K  H  A  R  Y  P  A  Y  T  O  N  T  Q  D  Q  Q  O  D
Q  X  P  Y  Y  G  I  S  S  E  I  O  P  T  R  U  J  T  Z  D
V  Y  H  O  V  O  Y  D  S  O  Z  L  N  K  E  I  R  X  L  N
E  M  R  V  N  A  J  W  T  B  Z  V  C  Q  L  H  H  K  D  X
Y  I  E  X  P  C  O  R  E  Y  H  A  W  K  I  N  S  Z  U  W
F  C  L  I  X  U  R  E  K  O  L  C  A  S  S  E  N  A  V  E
P  A  V  U  B  X  U  U  I  R  Q  M  Q  M  M  E  A  J  J  H
G  U  D  R  Q  M  U  U  Z  Q  J  S  O  Y  W  U  T  I  H  S
T  Z  M  A  I  X  U  I  P  R  E  S  U  I  O  R  Y  M  E  H
J  A  M  J  F  J  F  F  N  V  E  W  V  H  F  Q  S  B  U  E
```

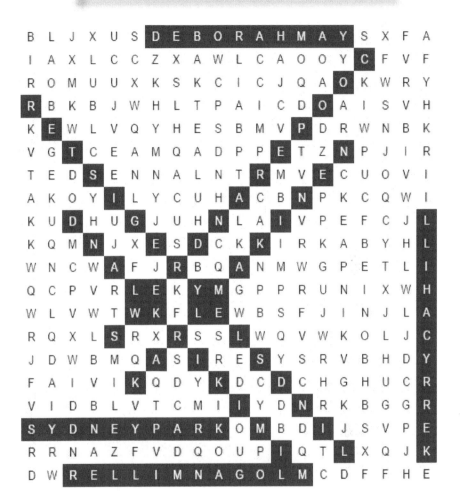

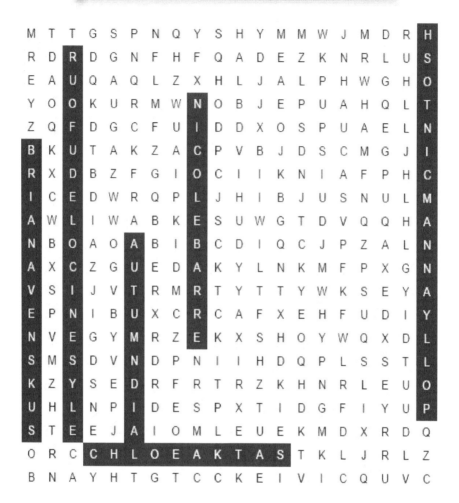

Q P I E F F W A Y C O K J I T B A X **A** Q
Z P V G H Q M Z D U E D J H K X K W **M** H
B H B M T W W U L O **H** Z K C O B L N **B** Y
F V W K S Q W C P E S **U** L Y T N U J **I** F
X **B R O T H E R H O O D M** P V B B D **D** A
D C A N D J S X S X J W O **A** Y L J G **E** M
C S N Y Z S Y R Q Y V X B C **N** Q V **P X** I
S R W **S N O I T S E U Q E H T I I** A **T L**
P T S V M P W D A U V T H T N **H** T Z **R** Y
P W C D W B T V X **T** C U X L **S** J E **Y O** R
K P K T C A B H R O **C** F U **R** H L T J **U** W
Z Z I M L F P V Y Y P **E O** M B L S **F S** A
T T T J W V L D T I U **T T** Y C I **F** P E V
V W X J S C Y I Z V **A** J Y **O** U **I** C N R V
U H Z **C O L T P Y T H O N A R** B O M N K
Q Z L P E Z M V **K** M J W S **E** B **P** A G N H
U V K W N P W **C** E Q I Y **H** V S B T S Q B
H B K B N X **I** A N T E **S** O S Y L Y C C P
A I W B C **R** U O Z H L Q J F Z C I T U X
J R S R D I Z E L G X V O N K O K L G M

H L C Q K G L J E W W Y X H A M M U D H
C K W E T T C Y R S N E F E P H Y G N Z
E D B Y E A N N U Y G T G S Q P I L Y L
Y K U M R A W X N S S D R R T E C O A K
D W P Y M D O X E W P D Q E L A V R B R
I X T Y I J D M R P O Y S W A O A A D R
C O U Y N A T U D R O V U O F G A C K I
O L L L U N I J L J K F R L G T C T O B
O E Q G S G T B I G I A R F Y E Z N G Y
K S D V R S U O H Y E I C E N L W E C K
I E A F E W H Q C P I X L H I G E G A T
E Y D E S M S C E H O F U T C N F A A L
M E E A C Z J B H O A E A T A I W C S A
O X D A U N X L T Y R Q L A V T T B V D
N O A U E I U K M I J G H K W T B I K L
S K E R Z F I V R E Y E K O D E K S J A
T Y D Q R Z H Y A S O R M O U G K A F V
E S O R E E K O R E H C N L G V Y D D R
R I F I N D I N G S O P H I A X Z I X E
N L B O L V S F T M Q T N O B P R Y F J

G O N Q P Y Z Z N N A N T K D Q N T W Z
V H Y G G P C J E L R E M G N I L L I K
Q H I U P U F F U T S W O L B G A V J Q
P H V F Y C D S O K L R S D V J P C W B
S O Q N G K E G Y N N Z C R I O K G G S
X L O H K D O C B E U A Q F K P I T V U
K D C E A S W K A G Z D T R W R L B Q E
J I G J J J I U J R I A J E V T G X V I
Z N Y Y O Y P Q M W R R Q Z H I I M N B
P G R R O D T U D R R Y M D H T U Y C V
I J A H I C C A O Y O L I X P O W V J Y
U U D P S U H K E C J A T N V D O O T Q
I D J B P T X M J V W N N W G J G B L B
P I J S L O O K I U R D G N F C K O N B
A T Z I Z S G D G M I B A J H I A L V O
H H Q O W T X A N B X E Q O Y R I R W V
P J I G F R L U Y N S T L P G M B E O Z
Q H T U A O D C X U W H I F U F H O V L
U T T L L I K K N U R T S L Y R A D T D
Q T B F Z D C D W U R B U H Z P M R E N

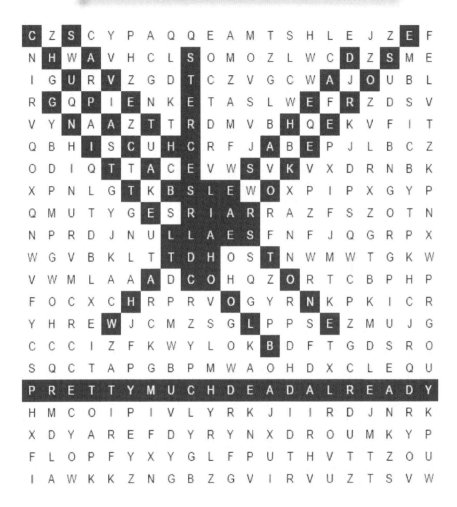

```
E R D X R T G B K P T G X P Z I S F K C B W B
J D Z N B N A E F W C L X V E Z X Y M O K H W
X Z H U Y E L A T Z T Z A M I C U G Y E X J P
H Z U W I D T E X K K T O X V U O E L A T Q D
A V V T F I Z R V H N F N W F C T N G J Y R E
N D S C J C N B V J F R D X H K I I W F K X Z
L N O V C C S O W Z L T N C N X S O C H D U I
A R O Z B A J O K W C H M P V A O F T E W K C
G S V Z I N T E R N M E N T F I L K P X V D L
E Q V N Z A C Y F I P N R R E L A S O P V Y L
S B Z E T T N J G H X J A G L K T H I T N C L
D S E J T U E X O L A B G U I G I S U R G D E
A G A R O O X B Q D V Z E N Y L O Z S X S Q M
D I Z U O H T M S P E R E Q X A N U B T E S H
A F P I F T L I V E B A I T W E S E X T K A D
R Z J M A I V O B L C H D I R R Q J A G M J E
M F C P R W Y Q A R B D G W D J D G A H K B T
Q A U C G S X W O R P K M Y E S H C S E B N C
O O E Y O Y W O D W T L H W H I Q Y E V F T E
W I F U N A Y I Z C H N Q Y Q M G X G Z G U F
W U K X E D P C J G N D L N U G X H K A S M N
W O Z C J O B D C L K C D A V I L G T E L B I
F U F U P 3 R Z O P O O D F I Q P Q Q K L Y P
```

```
D  D  K  C  A  F  S  R  M  E  C  Y  F  S  W  P  U  C  W  M
R  Q  H  K  K  T  J  R  G  Y  J  Q  M  M  Y  H  B  D  X  J
Q  Y  Z  H  C  H  A  O  U  G  Z  K  N  R  E  X  S  G  P  Y
H  B  Z  O  L  S  T  M  Q  F  W  E  A  F  G  F  B  R  K  T
Q  D  K  Q  P  Q  Y  J  I  Y  V  U  O  O  Z  S  O  S  K  J
S  L  A  B  T  O  W  N  Y  L  T  I  N  U  M  I  F  H  E  S
S  Y  C  R  X  P  A  D  Q  C  U  Y  Z  R  N  F  A  V  G  F
U  R  H  A  X  R  Y  V  N  T  P  V  A  W  E  D  N  W  O  U
F  N  M  F  A  K  M  A  B  X  P  Q  C  A  X  R  Z  W  E  H
L  K  H  E  W  Q  S  D  I  K  L  U  W  L  J  U  T  S  K  Y
S  O  M  O  N  O  P  I  B  D  E  C  T  L  P  P  T  B  D  P
V  K  D  B  N  P  W  P  J  N  H  R  U  S  I  R  A  Z  L  D
O  G  T  C  O  M  N  X  E  P  F  O  Z  A  A  Y  Y  M  E  M
G  B  Y  K  P  P  E  H  F  P  L  S  C  N  R  S  S  M  T  Q
L  L  M  I  D  E  Z  F  E  P  E  S  G  D  X  X  U  L  A  B
S  B  E  W  A  P  I  L  J  B  S  E  V  A  W  S  M  D  A  Y
G  V  U  X  T  V  R  G  A  V  R  D  Q  R  N  L  Y  M  E  W
S  X  V  F  A  J  H  P  T  S  I  O  L  O  X  N  E  G  Q  X
J  O  H  Z  X  A  P  A  H  W  E  I  C  O  I  N  T  Z  G  N
G  A  N  R  K  Z  O  P  T  C  O  D  A  F  Z  N  W  Z  W  L
```

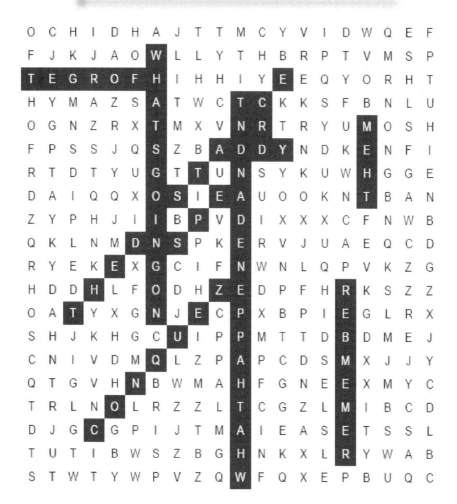

O C H I D H A J T T M C Y V I D W Q E F
F J K J A O W L L Y T H B R P T V M S P
T E G R O F H I H H I Y E E Q Y O R H T
H Y M A Z S A T W C T C K K S F B N L U
O G N Z R X T M X V N R T R Y U M O S H
F P S S J Q S Z B A D D Y N D K E N F I
R T D T Y U G T T U N S Y K U W H G G E
D A I Q Q X O S I E A U O O K N T B A N
Z Y P H J I I B P V D I X X X C F N W B
Q K L N M D N S P K E R V J U A E Q C D
R Y E K E X G C I F N W N L Q P V K Z G
H D D H L F O D H Z E D P F H R K S Z Z
O A T Y X G N J E C P X B P I E G L R X
S H J K H G C U I P P M T T D B D M E J
C N I V D M Q L Z P A P C D S M X J J Y
Q T G V H N B W M A H F G N E E X M Y C
T R L N O L R Z Z L T C G Z L M I B C D
D J G C G P I J T M A I E A S E T S S L
T U T I B W S Z B G H N K X L R Y W A B
S T W T Y W P V Z Q W F Q X E P B U Q C

R X P Z Y W L O L B O A Y O G K E U W I
Q H Q K J W V A K U A R O L K O O J J L
B I V P H T O S B P F X O Q Y Y H M H Q
J R C R L I I G N N E Y K C K A P S U S
H E Z T J K Z M Q N M N M N L C O A T J
M Q Z L C A R I P Z F S A G W V D P F Q
W A D C F H E C F P X H Z E T N P E W B
D Z S L D S Q Y E I T P G A E S C A W T
U V A L W A Y S A C C O U N T A B L E H
B U N D W A I P D L P Z V Q N F K H D K
O X S W R Q N C M V I A W D D A D M O C
M F W L V H I G E R E H T O N S E R E H
G H J K X J P F P D I X A A P C O D W F
M V R X T J I B H E A D S U P L W X R E
F M W H F I R S T T I M E A G A I N M N
A Z B X O A T M C W P X V H M Q D C T L
B D O N Z V E W T I L E A H O L I X M D
O K Y W O N W E R W V I C J Q Z V K J F
E N D J Q B B Z N S V Q C C P U W S C R
Z N W J T S T A R T T O F I N I S H P D

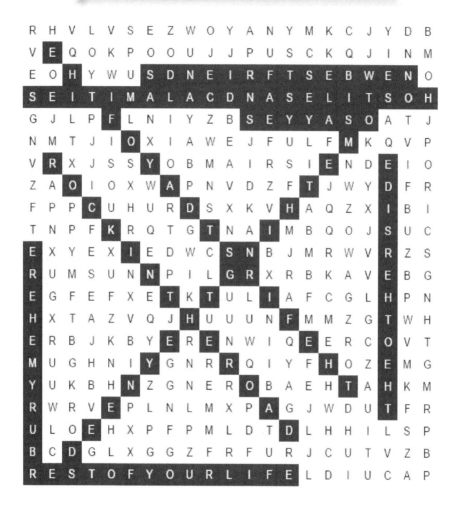

```
L  J  E  H  K  V  Q  N  X  O  M  B  B  G  W  P  L  O  R  R
A  Y  N  O  I  A  Y  F  R  Y  A  H  D  R  E  N  D  U  Q  A
Q  Q  P  P  A  O  I  P  N  E  W  V  P  Y  K  I  G  Z  Z  Q
Y  W  E  S  T  G  E  O  R  G  I  A  Y  J  S  Q  Q  Y  C  J
J  P  X  O  V  T  K  F  K  S  P  V  Y  M  L  C  E  R  V  K
O  L  Z  P  S  E  B  D  H  S  U  L  C  T  D  Z  M  A  N  I
S  U  Q  A  B  R  Y  R  M  Y  L  R  R  A  B  P  X  U  H  X
U  E  F  M  V  M  V  T  R  K  K  D  X  H  Y  M  F  T  D  W
G  T  H  E  K  I  N  G  D  O  M  B  M  Z  Q  X  J  C  M  Y
R  Q  Q  B  F  N  C  I  N  J  W  L  E  A  P  P  G  N  E  D
C  K  K  V  C  U  O  P  P  E  S  Q  U  W  T  S  C  A  O  O
N  H  U  V  O  S  G  O  V  W  A  A  V  V  Z  L  H  S  Y  Z
A  L  E  X  A  N  D  R  I  A  S  A  F  E  Z  O  N  E  O  Q
H  D  O  C  K  V  S  A  R  H  Z  E  F  H  H  C  N  H  A  X
Z  G  W  X  J  W  K  E  H  J  P  Y  G  J  Z  C  Y  T  Z  P
W  J  M  E  L  X  O  A  I  K  Y  X  P  Q  I  K  W  E  L  L
Y  T  I  L  I  C  A  F  L  A  N  O  I  T  C  E  R  R  O  C
Y  W  Q  B  F  Q  W  O  O  D  B  U  R  Y  V  J  N  U  R  P
L  D  P  W  Y  X  G  T  M  P  K  A  X  O  F  T  W  A  W  L
Y  P  L  J  Z  O  D  R  N  G  J  J  L  U  M  M  Q  F  R  C
```

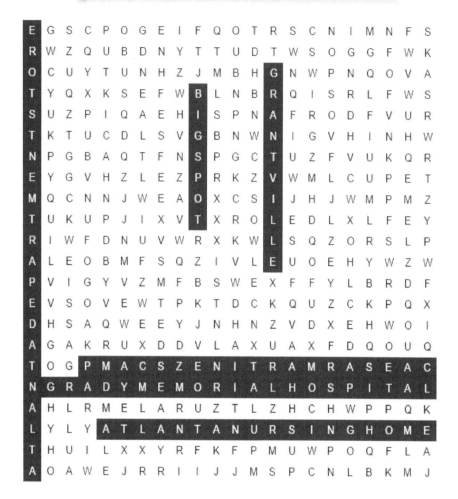

To Summarise

This book has been great fun to write and, All efforts have been made to make sure the information is correct at time of publishing up to series 7 of "The Walking Dead" TV series from AMC, this book is based upon the "The Walking Dead" TV series produced by AMC and is the unofficial "The Walking Dead" word search.

The information held within this book is for entertainment value only and is not affiliated in any form with the creators of the "The Walking Dead"

See you in the streets fellow walkers...

A British Author.
Peter Vanden Brock

Printed in Great Britain
by Amazon